Über den Autor:

Sandro Hübner, wurde 1991 in Görlitz geboren. Besuchte erfolgreich die Schule und widmete sich mit 10 Jahren Kurzgeschichten, Gedichten und Vorträgen, die sehr umfangreich verfasst waren. Als er 17 Jahre alt war und sich als Schriftsteller die Zeit, für seinen Ersten Roman: SAD SONG - Trauriges Lied - nahm, machte ihm das Schreiben sehr großen Spaß. Sandro Hübner lebt in Berlin und arbeitet bereits an seinem nächsten Roman. Er hat mittlerweile Bestseller geschrieben.

Vom Autor bereits erschienen: www.sandrohuebner.de

Für dich Mama, Papa Oma, Opa und Ur-Oma

Alle Geschichten, wenn man sie
bis zum Ende erzählt,
hören mit dem Tode auf.
Wer Ihnen das vorenthält,
ist kein guter Erzähler.

E. Hemingway

SANDRO HÜBNER

Die spannenden Fälle von Kommissar Black

Kriminalroman

26 TWENTY SIX

Bibliografische Information der Deutschen Nationalbibliothek:
Die Deutsche Nationalbibliothek verzeichnet diese Publikation in der Deutschen Nationalbibliografie; detaillierte bibliografische Daten sind im Internet über http://dnb.dnb.de abrufbar.

TWENTYSIX
Eine Marke der Books on Demand GmbH

© 2021 Sandro Hübner

Herstellung und Verlag:
BoD - Books on Demand, Norderstedt

ISBN: 978-3-7407-8690-8

Inhalt

Bitterböses Spiel

Black äugte auf die leuchtenden Ziffern der Punkteanzeige an der Blackbox. Bald wird Bob meinen heißgeliebten Highscore knacken, ging es dem schwermütigen Kommissar durch den Kopf. Schon wieder so ein toller Abend! Vor drei Wochen hatte Sheila ihn verlassen. Seither kam es ihm vor, als ob sich das Glück ebenfalls von ihm abgewandt hätte. Hat sie mich verflucht?

Die Metallkugel rollte zu dem Schlagturm-Trio. Die pilzförmigen Gebilde spielten sich das Geschoss gegenseitig mehrmals zu und glänzten vor Freude. Noch mehr Punkte. Black leerte das Bierglas und schlenderte zum Tresen. Der Inhaber seiner Lieblingskneipe beobachtete ihn grinsend.

„Noch ein Bierchen, Black?"

Der Kommissar nickte, ohne zu zögern. Er stellte das Glas ab und kramte in den Hosentaschen nach passenden Münzen. Ich hoffe, dass ich jetzt nicht alle im Flipper versenkt habe. Das Telefon klingelte in einem Hinterzimmer. Black sah auf, als die Frau des Wirtes kurz danach auf ihn zukam.

„Sie werden verlangt", teilte sie ihm trocken mit und deutete auf das Büro neben der Küche.

Bob parkte das Gefährt entlang des Bürgersteiges. Zwei Polizeiwagen mit Blaulicht standen mittig auf der Straße und Beamte hatten sich hinter ihnen verschanzt. Die Blicke richteten sich auf die Lipptown Golden Yield Bank vor ihnen. Ein siebenstöckiges Gebäude mit kolossalen Ausmaßen, ein Tempel in dem man dem Geld wahrscheinlich huldigte.

„Dann sehen wir uns das mal an", raunte Black seinem Kollegen zu.

Beide zogen sie ihre Waffen aus den Holstern und verließen den Wagen. Geduckt rannten sie zu den Polizeibeamten.

„Noch immer keine Forderung?"

Der Mann mit dem Schnurrbart verneinte und lugte über die Motorhaube. Eine der großen Fensterscheiben am finsteren Eingangsbereich lag in Scherben.

„Der Alarm wurde kurz vor elf Uhr ausgelöst. Als wir ankamen haben wir Schüsse vernommen und wollten reinstürmen. Die Türen waren natürlich abgesperrt und wir sahen uns um. Plötzlich hat man auf uns geschossen", erklärte der Mann den beiden Beamten aufgeregt.

„Keinen hat es erwischt, aber wir haben uns zurückgezogen. Kurz darauf hat sich uns der Mann an einem Fenster des ersten Stockwerkes gezeigt. Er hat den Nachtwächter als Geisel genommen."

„Hört sich nicht nach einem Bankraub an, oder?", erwägte Bob. „Sonst wäre er doch dem Nachtwächter ausgewichen. Und allein ist das Aufbrechen und Ausräumen eines Tresors kaum zu bewerkstelligen."

„Wer sagt, dass er keine Komplizen hat? Kann sein, dass sie die Kombination als Austausch verlangen. Aber auch dann kommen sie nicht weit", grübelte Black laut vor sich hin.

„Umgebung absperren! Weitere Verstärkung ordern! Ich werfe mal einen Blick rein."

Der Kommissar lief zur Treppe hin. Allein das Licht der Straßenlaterne hinter ihm, ließ ihn nicht im Stockdunkeln hocken. Nichts und niemand zu sehen oder zu hören. Black atmete tief ein. Er lief über knirschende Glasstücke und stand im Moment im großen, luxuriösen und geräumigen Eingangsbereich.

Überall im Saal befanden sich mannshohe Pflanzen in Kübeln verteilt. Vor den vergitterten Schaltern standen Ständer mit den dazugehörigen Kordeln im Spalier. Ködert man Geld mit Luxus? Schritte hallten auf einmal quer durch den Raum. Black versteckte sich hinter einer imposanten Palme.

„Wollen doch mal gucken, ob wir jetzt mehr Zuschauer haben", bellte jemand mit leicht zittriger Stimme.

Black legte sich sogleich flach auf den glatten Marmorboden. Er wurde eins mit den gespenstischen Schatten um ihn herum. Ein etwa dreißigjähriger Mann mit einem Revolver schob den älteren Nachtwächter in Uniform grob vor sich her. Schicker Anzug. Viel zu schick für einen Räuber.

„Lassen sie mich doch gehen", flehte der Mann wimmernd. „Bitte! Ich habe Ihnen nichts getan. Ich habe eine Familie!"

„Maul halten!", befahl der Bewaffnete auf einmal despotisch. „Ich will so einen Kram nicht hören! Klar?"

Keine zehn Meter von Black entfernt blieben Sie stehen. Der Kommissar zögerte. Der Mann im Anzug bewegte sich leicht hin und her. Der weiß genau was er tut.

„Wir gehen wieder nach oben!"

Beide bewegten sich rückwärts zum Aufzug. Nachdem sich die Tür geöffnet hatte, verschwanden sie hastig im Inneren. Black stand auf und schlich mit der Dienstwaffe in seinen Händen zum Treppenhaus. Erste Etage. Der Kommissar blickte auf die leuchtende Eins über der Aufzugstür.

Black schlich aus dem Treppenhaus, das im Halbdunkel lag. Er warf vorsichtig einen Blick um die Ecke. Am Ende des schummerigen Flures stand eine Tür offen. Gedämpftes Licht drang ins Dunkel. Der Kommissar duckte sich und lehnte sich an die raue Wand hinter ihm. Was für ein Spiel spielst du? Was willst du? Black erhob sich und lauschte. Er bog in den Flur ein und näherte sich der großen Haustür.

„Was siehst du?"

Black identifizierte die Stimme des Mannes im Anzug.

„Nichts", gab der Nachtwächter nervös preis.

„Alles wie vorhin!"

Die Wählscheibe eines Telefons wurde gedreht. Jetzt! Der Kommissar wollte die Tür passieren, als er Blut an der Klinke entdeckte. Bist du verletzt? Black zögerte. Wo sind deine Komplizen? Haben sie mich schon entdeckt? Der Kommissar glitt in den Raum und beobachtete den Bewaffneten, der hinter einem spärlich beleuchteten Schreibtisch saß. Den Lauf seiner Waffe hatte der Mann auf den Kopf des Nachtwächters gerichtet, der mit erhobenen Händen am Fenster stand.

„Ist da die Polizei?", wollte er hastig wissen. „Ja?... Schicken Sie sofort Steven Crank in die Golden Yield Bank!... Ja, der bin ich!... Steven Crank ist ein Journalist! Ein Freund von mir... Ich rede nur mit ihm! Ist das klar? ..."

Der Mann legte auf. Er ging geduckt zum Fenster und wagte hinter dem Rücken seiner Geisel einen Blick nach draußen. Du bist es nicht gewohnt mit einer Waffe umzugehen, oder? Das ist kein Spielzeug und du kein Verbrecher.

Tom betrat das verqualmte Büro des Bankdirektors. Der Mann stand vor einer der vier großen Fensterscheiben und betrachtete Lipptown im Abendkleid. Allein der siebte Stockwerk erlaubte einem über die Dächer der umliegenden Gebäude, bis zum Hafen und zum Meer hinzusehen. Im bronzenen Aschenbecher auf dem wuchtigen Büro döste eine Zigarre. Einzig zwei Stehlampen kämpften in den Ecken mit der Dunkelheit.

„Endlich!"

Der Grauhaarige drehte sich um und wies den Manager an, die Tür zu schließen. Tom tat dies und stellte sich anschließend mittig vor den Schreibtisch. Der Direktor nahm auf seinem gepolsterten Sessel Platz. Schatten hatten sein Gesicht zerfurcht und eine Fratze hinterlassen.

„Was soll das?"

Der Mann deutete auf den Brief, der vor ihm lag. Tom räusperte sich.

„Ich will ein angemessenes Abschiedsgeschenk", gestand der Manager.

„Sie wollen doch nicht etwa, dass unsere kleinen Betrügereien auffliegen, oder? Wäre doch fatal... Ich will nicht mehr in dem Business arbeiten. Ich kaufe mir eine..."

Ein Paar Fäuste knallten auf die hölzerne Arbeitsplatte. Der Direktor sprang aus seinem Sessel.

„Glaubst du ich lass dich so einfach ziehen, Bürschchen?", fauchte der Grauhaarige. „Du sitzt mit im Boot drin! Verstehst du das? Ist das dir bewusst? Du hast keinen weißen Anzug mehr!"

Der Direktor ließ sich zurück in seinen Sessel fallen. Er öffnete die große Schublade des Büros. „Und wenn dir dein Gewissen wieder einmal zu schaffen macht, fahr mit deiner hübschen Freundin übers Wochenende in die Berge. Hab Spaß mit ihr! Vergiss deine Sorgen! Vergiss diese Kündigung!... Wie wäre es stattdessen mit einer Gehaltserhöhung?"

Tom grinste hämisch.

„Ich will bis Ende des Monats eine verdammte Million Dollar, so wie es da steht!", beantwortete er die Frage kühn. „Nicht mehr und nicht weniger!"

Der Direktor zückte einen Revolver unter dem Schreibtisch hervor und legte ihn neben den Aschenbecher. Tom wagte es nicht sich zu bewegen.

„Waffen können schnell in skrupellose Hände geraten, Tom. Wäre doch ein Jammer wenn deiner Freundin etwas zustoßen würde", drohte der Grauhaarige trocken. „Findest du nicht?"

Black atmete tief ein und aus. Er hatte sich hinter einem Aktenschrank versteckt und hielt die Dienstwaffe fest umklammert. Ich brauche eine ruhige Hand dafür. Er schloss die Augen und konzentrierte sich auf sein Gehör. Stehst du noch immer am Fenster?

Ein Streifschuss...

„Wir gehen!", befahl der Mann barsch und der Kommissar hörte, wie sich die Beiden zur Tür aufmachten.

Das ist zu gefährlich. Ich brauch eine freie Schussbahn... Verdammt! Wo ist mein Glück? Schatten, die auf dem Boden vorbeiliefen, verrieten Black, dass sie sich nun im Flur befanden. Der Kommissar hielt inne. Wieso willst du mit einem Journalisten sprechen? Was erwartest du dir davon?

„Lassen Sie mich gehen wenn dieser Crank auftaucht?", wollte der Nachtwächter draußen auf dem Flur wissen.

„Vielleicht," zischte der Bewaffnete.

„Vielleicht..."

Black vernahm das entfernte Surren des Aufzuges. Er riskierte es und verließ das Büro in dem Augenblick, als die beiden Männer vom Fahrstuhl verschluckt wurden. Unbemerkt schlich er entlang der Wand. Nachdem die Tür verschlossen war, richtete der Kommissar der Anzeige darüber seine volle Aufmerksamkeit. Erdgeschoss! Schon wieder Treppen...

Black blieb stehen. Der Schreibtisch... der Kommissar schritt zurück ins Büro. Seine jahrelange Erfahrung hatte ihn eines gelehrt: Plötzlichen Eingebungen immer auf den Grund gehen. Black sah sich das handelsübliche Möbelstück an. Hier hast du gesessen und telefoniert. Dem Polizeibeamten fielen weitere blutige Fingerabdrücke auf. Er drehte das chromierte Tischnamensschild um: Tom Rook, Manager.

Black öffnete die oberste Schublade des Pultes. Dachte ich es mir doch! Du arbeitest hier! Der Kommissar nahm das Bild und inspizierte es im Schein der Lampe. Hübsches Mädchen! An den Mann, der in dem Augenblick mit einer Waffe im Erdgeschoss umherschlich, kuschelte sich eine junge Frau mit schulterlangen braunen Haaren und lächelte in die Kamera. Auf der Rückseite der farbigen Photographie stand geschrieben: Ein Kuss für jeden Augenblick, an dem du an mich denkst! In Liebe, Cynthia. Black verschloss die Schublade.

Wenn das kein Glück ist...

„Sie drohen mir“, schlussfolgerte Tom und ein Lachen entfuhr seiner Kehle.

Der Gesichtsausdruck des Grauhaarigen verfinsterte sich.

„Ich werde mein Lebenswerk nicht aufs Spiel setzen!“ Der Direktor stand auf. „Ich war immer gut zu dir, Tom. Zu gut? Wer weiß das schon. Aber du setzt gerade das Leben von... Cynthia unnötigen Gefahren aus. Ist dir das bewusst?“

„Lass sie aus dem Spiel, Drecksack!“, zischte Tom und stierte auf den Revolver. „Ich kann auch gleich zur

Presse gehen! Ich hab da gute Kontakte!“

„Zu blöd dass du dann arbeitslos wirst. Deine Million ist dann auch futsch... Keiner in der Branche wird dich einstellen wollen, nicht nach all dem, was du hier mitzuverantworten hast. Du wirst schuften müssen, so richtig hart“, prophezeite der Grauhaarige und beugte sich über den Schreibtisch. Er warf die Kündigung über den Rand der Arbeitsplatte. Sie segelte wie eine Schneeflocke auf den Teppichboden, Tom zu Füßen.

„So kommen wir doch nicht weiter, Junge! Keiner von uns. Zerreiß die Kündigung und gut ist!“

Der Direktor griff nach dem Revolver. Tom sah zu Boden. Grinsend hob er seinen Kopf und sah in den Lauf.

„Willst du mich erschießen? Dann wanderst du gleich in den Knast!“

„Heb das verdammte Blatt auf!“, befahl der Grauhaarige so laut, dass Tom zusammenzuckte.

Der Manager bückte sich und tat wie befohlen.

„Verbrenn es!“ Der Direktor zeigte mit der Waffe auf den Aschenbecher.

„Ich vergesse die Kündigung und Cynthia gleich mit. Alles bleibt so wie es war! Der Schneeball rollt weiter und irgendwann kriegst du deine Million, versprochen! Irgendwann, kurz ehe unser Spielchen auffliegt!"

Tom schob den massigen Aschenbecher zu sich. Die Zigarre deponierte er daneben.

„Das Spielchen mit dem Geld anderer Leute ...", dachte der Manager laut und brachte eine Ecke des Papiers zum Qualmen. „Das ist kein Spiel, das ist Betrug!"

Blitzschnell ließ er den verkohlten Fetzen los und schleuderte den Aschenbecher auf den Grauhaarigen. Das Utensil traf den Mann in der Magengegend. Ein Schuss löste sich und eine Kugel bohrte sich in die Decke. Tom nutzte den Überraschungseffekt aus und stürzte sich auf den Direktor. Beide rangen hinter dem Schreibtisch auf dem Boden. Ein zweiter Schuss löste sich.

Black hastete die Treppen hinunter. Im Nu stand er wieder im Erdgeschoss. Die beiden Männer hielten sich in der Nähe des ersten Schalters auf. Jetzt stehst du zwischen zwei Fronten und Cynthia wird mir helfen. Bloß nicht den jungen Mann erschrecken... Der Kommissar duckte sich hinter einer der unzähligen Pflanzen.

„Gib auf, Tom!", stellte Black einen ersten Kontakt her. „Du machst alles nur noch schlimmer!"

Der Manager wirbelte herum. Dreh meinen Kollegen ruhig den Rücken zu. Der Kommissar trat hinter dem Grünzeug hervor.

Er legte seine Dienstwaffe auf den Marmorboden vor ihm und hob seine beiden Hände hoch.

„Ich bin Kommissar Black und kann dir helfen."

„Du hast keine Ahnung, Bulle! Es ist schlimmer als du denkst!" Tom presste den Revolver an die Schläfe des Nachtwächters. „Wenn ich mit dem Journalisten geredet habe, dann..."

Der Mann im Anzug zögerte eine Weile. Zwei Beamte näherten sich dem Eingang. Sie haben mich gesehen. Gut.

„Denk an Cynthia, Tom", lenkte der Kommissar die Aufmerksamkeit auf sich. „Sie liebt dich! Sie will mit dir glücklich sein!"

Black bewegte sich Schritt für Schritt langsam auf die beiden Männer zu. Der Manager zielte abrupt mit der Waffe auf Black.

„STOP!"

Du zitterst ja ... Der Kommissar blieb stehen.

„Lass den Mann gehen und nimm mich als deine Geisel!"

Der Manager ließ vom Nachtwächter ab. Dieser entfernte sich zuerst langsam, dann lief er zu den Polizisten. Die Glasscherben knirschten. Du hast es nicht mitbekommen. Ein Wagen hielt draußen an und Tom drehte sich instinktiv um. Black nutzte den Augenblick der Verwirrung, als der Manager die Polizisten auf sich zukommen sah.

„Wie...", brachte Tom noch heraus, ehe der Kommissar hinter ihm, über ihn herfiel.

Die Waffe schlitterte über den Boden. Black hielt den linken Arm seines Gegners auf dem Rücken fest.

Tagelang hatte die Pleite der Lipptown Golden Yield Bank und der Tod des Direktors unangefochten die Schlagzeilen beherrscht. Entlassungen, Firmenschließungen und Zwangsversteigerungen von Villen und Yachten folgten daraufhin. Das Schnee-

ballsystem mit dem das Vermögen der Wohlhabenden geködert und wieder ausgeschüttet worden
war, war wie ein Kartenhaus eingestürzt.

Das Geld war zum größten Teil weg.

Der Highscore war geknackt worden. Das Glück
ist wieder da. „Black, the pinballman" grinste. Wo
sein Geld lag, wusste er. Im Münzkasten des Flippers. Und da ist es auch gut aufgehoben...

Der Fall Poker-Vince

Es fiel ein Schuss, irgendwo in dieser finsteren und kühlen Nacht. Aber er fiel nicht allein. Es fiel ein weiterer Schuss und nach einem Augenblick der Stille, fiel ein angeschossener Mann in den Mikado-Fluss. Er ertrank und keiner hatte es mitbekommen.

Keiner hatte den grünen Wagen gesehen, der auf der Brücke zuvor angehalten hatte. Keiner hatte den Streit mitbekommen, der zwischen den beiden Personen stattgefunden hatte. Und kein menschliches Augenpaar hatte die Pistole gesehen, die die eine Person herausgezogen hatte. Nur die Nacht hatte zugeschaut.

Die Pizzeria von Marga-Mario war gerammelt voll und Black wunderte dies nicht. Hier konnte man die besten Pizzas der Stadt genießen, darüber waren sich auch seine drei Kollegen am Tisch eins. Viel lieber würden die Polizeibeamten noch auf der Terrasse speisen, um, unter anderem von Maria, der hübschen südländischen Kellnerin bedient zu werden, aber ein Plätzchen im Schatten war, bei diesen tropischen Temperaturen draußen, nicht zu verachten.

Eine heftige Diskussion ließ Black von seinem Teller aufblicken. Mario, der Inhaber stand wild gestikulierend hinter dem Tresen und stritt sich mit Roberto, dem Sohn des reichen Marco, dem jede Pizzeria in dieser Stadt gehörte, außer Marios. Black kannte den jungen Italiener nur zu gut und schon oft hatten sich ihre Wege gekreuzt.

Kommissar Black erhob sich, als Roberto aus Versehen einen Teller zu Boden stieß, wischte sich mit seiner Serviette den Mund ab und ging auf die beiden Streithähne zu. Maria war ebenfalls herbeigeeilt und betrachtete die weißen Scherben, die auf dem Boden verteilt lagen. Roberto ging zum Ausgang, blieb aber auf der Schwelle stehen und drehte sich um.

„Auf Wiedersehen!", knurrte der junge Italiener den Pizzabäcker an, blickte noch einmal zu Maria hinüber und verschwand so schnell, wie er aufgetaucht war, in der Menschenmenge vor dem Restaurant.

Black wischte sich noch einmal mit dem Handrücken über den Mund, ehe er Mario anschaute und mit Blicken nach Antworten suchte, ehe er eine Frage gestellt hatte.

„Was wollte Roberto?", fragte Black.

„Mein Vater schuldet Marco etwas Geld und jetzt da er vermisst wird, hat sich Mario für ihn verbürgt", erklärte Maria dem Kommissar und sah ihn dabei mit ihren rehbraunen Augen an.

Black blickte ihr nun ebenfalls in die Augen. Sie kniete auf dem Boden und hob die größten Teile des zerstörten Tellers auf.

„Ich hab schon davon gehört. Wir halten die Augen offen, keine Sorge wir werden ihn finden", beruhigte sie Black und er versteckte seine böse Vorahnung hinter einem Vorhang des Schweigens.

Und sie hatten ihn gefunden. Der Bauer, der seine Felder an der Mündung vom Mikado- in den Cookie-Fluss bestellen wollte, hatte ihn gefunden, um genauer zu sein. Roberto lag noch immer am Ufer. Black hatte den Italiener fast nicht wiedererkannt, so unnatürlich sah er aus, so aufgedunsen. An dem toten Körper haftete ein ekelerregender Abwassergeruch und Blacks Magen drehte sich langsam um seine eigene Achse. Er stand auf.

„Zwei Schusswunden konnte ich auf den ersten Blick erkennen", informierte ihn der Gerichtsmediziner und kniete sich wieder zur Leiche nieder.

Der Kommissar hatte schon eine Mafiatat vermutet und das hier sah nur zu gut nach so einer aus. Womöglich ging es um Schulden. Vince war für seine Kartenspielerleidenschaft bekannt und Poker-Vince konnte jetzt kein Ass mehr aus dem Ärmel ziehen, um sich in letzte Sekunde zu retten, dass zumindest, hatte der Mörder erreicht.

Den Tatort zu finden, würde nicht leicht werden, immerhin befanden sich viele brach liegenden Industrieruinen entlang des Flusses, welche sich für Taten dieser Art besonders gut eignen würden.

Black würde wieder einmal das Mafia-Milieu ordentlich aufmischen müssen, das stand jetzt schon fest. Und auch dieses Mal würde er nicht mehr ruhig schlafen können, besonders nicht, wenn wie beim letzten Mafiafall, mitten in der Nacht öfters das Telefon klingelte und jemand eine Morddrohung gegen ihn aussprechen würde. Dieses Mal würde er die Leitung einfach aus der Mauer stöpseln.

Marga-Mario schwitzte, dieses Mal ohne Pizzaofen in Reichweite. Er stand mit den anderen trauernden Familienmitgliedern in Schwarz, auf dem Lipptown-Friedhof, am Grab von Vince. Dies würde die letzte Ruhestätte des jungen Italieners werden. Dicht gedrängt, standen sie alle da, schwitzten und blickten zum Pfarrer hinüber, der seine Predigt hielt. Mario wischte sich mit einem Taschentuch die salzigen Perlen von der Stirn und wünschte sich das Ende dieser Zeremonie herbei.

Auch Black war anwesend und er, wie alle anderen an diesem heißen Samstag auch, schwitzte. Er beobachtete die Anwesenden genau und verlor auch das Umfeld nicht aus dem Auge.

Vince hatte man aus nächster Nähe zweimal in den Bauch geschossen, das stand fest. Und das gebrochene Bein und die vielen blauen Flecken, deuteten darauf hin, dass der Ermordete von irgendwo herunter in die Fluss geschmissen worden war. Aber von wo? Insgesamt gab es sieben Brücken, die in Frage kamen. Aber auf keiner fand man einen Hinweis, dass der Mord dort stattgefunden hatte. Darüber hinaus befand sich keine der Brücken auch nur in der Nähe einer Siedlung und es wäre mehr als nur Zufall wenn Zeugen sich melden würden. Besonders nicht, seitdem die Presse den Pizza-Mord mehr als irgendein anderes Thema in diesen Sommermonaten, so breitgetrampelt hatte. Und so tappte die Polizei im Dunkeln.

Black entdeckte einen grünen Wagen, der auf dem Parkplatz beim Südeingang des Friedhofs mit Vollgas davongefahren war, als sich sein Kollege ihm genähert hatte. Black verließ die Trauergemeinschaft unauffällig und machte sich auf dem Weg zu Bob. Der junge Polizeibeamte in zivil kam Black entgegen.

„Er hat die ganze Zeit über mit dem Fernglas zugeschaut!", berichtete der Polizist eifrig und zeigte dem Kommissar seinen kleinen Notizblock, auf dem ein Kennzeichen aufgeschrieben worden war.

„Gute Arbeit!", lobte ihn Black und schaute die Straße hinunter.

Drinnen war es heiß und Black klebte förmlich an seinen Kleidern. Er kurbelte alle Fenster hinunter und ließ den Fahrtwind das Innere des Wagens abkühlen. Als Black im Polizeihauptquartier ankam, teilte man ihm den Besitzer des Wagens sofort mit und Black fuhr einige Minuten später eine Auffahrt zu einer mächtigen Villa hinauf.

Black wusste er würde in diesem Fall früher oder später hier ankommen. Marco Macconti hatte seine Finger in vielen dubiosen Geschäften mit im Spiel und auch in diesem Fall war klar dass der mächtige Mafioso mit der Sache zu tun hatte. Dass der grüne Wagen auf seinen Namen angemeldet worden war, beweist noch gar nichts, aber dennoch war es bislang das einzig Handfeste.

Zwischen den hohen Zypressen parkte Black seinen Wagen, die Kollegen parkten ihren daneben. Zu vier uniformierten Beamten schritten sie zu der prunkvollen Eingangstür und Black läutete. Kurze Zeit später standen sie alle in der Eingangshalle und Marco kam die Treppe hinunter. Er trug einen schwarzen Anzug und er war wie ein Weihnachtsbaum mit Gold geschmückt.

Er blieb auf dem drittletzten Absatz stehen und begutachtete die Beamten.

„Ah Black!", sagte er schlussendlich und kam leicht hustend auf den Kommissar zu.

„Marco, was sagt dir ein grüner Wagen mit dem Kennzeichen XZS 642?", fragte Kommisar Black und schaute dem schwergewichtigen Mann in die Augen.

„Aber Herr Kommissar... ich besitze so viele Automobile", antwortete Marco Macconti und stellte sich mit seiner imposanten Figur vor den schlanken Beamten.

„Es ist ein dunkelgrüner Sportwagen und er wurde vor etwa einer Stunde am Lipptown-Friedhof gesehen", fuhr Black unbeeindruckt fort und ver-

suchte den Gesichtsausdruck des dicken Mafiabos-
ses zu deuten.

„Ah! Poker-Vince Beerdigung...", brachte Marco
noch heraus, ehe ein Hustenanfall jegliches Sprechen unmöglich machte.

Roberto kam eilig die breite Treppe hinab, begrüßte den Kommissar und seine Beamten mit einem finsteren Blick und klopfte seinem Vater auf
den Rücken.

„Wieso die Kavallerie Black?", wollte Roberto
wissen und starrte auf einen der Polizeibeamten."

„Ich habe Rauchzeichen gesehen", erwiderte der
Kommissar gelassen und wartete noch immer auf
eine Reaktion der Beiden.

„Ah! Indianer...", brachte Marco heraus, ehe sein
Husten ihn wieder erschütterte.

Marco hatte noch nie vor Gesundheit gestrotzt
und er tat ohnehin seinem Körper selten etwas Gu-
tes, aber Black kam die abrupte Verschlechterung
sehr verdächtig vor. Der Diener, der ihnen vorhin
auch die Tür geöffnet hatte, kam herbei und geleitete den beleibten Italiener zurück die Treppe hinauf.

„Den Ausgang kennen Sie ja, Black!", sagte
Roberto mit glänzenden Augen und wies zur Tür
hin.

„Haben Sie Mittwochabend mit Vince gespielt?",
forschte der Kommissar nach und ignorierte die
Geste des jungen Mannes.

„Nein!", antwortete der Italiener und nahm tief
Luft.

„Zeugen?", fragte Black und konnte einen Hauch
von Angst über die Gesichtszüge des Mannes huschen sehen.

„Eine", gab Roberto sichtlich unwohl preis.

„Eine?", fragte der Kommissar misstrauisch und sah wie der Diener die Treppen wieder heruntergeschlichen kam.

„Maria war bei mir, die ganze Nacht", gab Roberto zu und blickte zum Diener hinüber, der ihm anschließend etwas ins Ohr flüsterte.

Black wusste sofort dass er Vince Tochter damit meinte. Aber wieso sollte Maria sich mit diesem schmierigen Typen abgeben und warum gerade in der Mordnacht? Die Frage ließ Black für einen Augenblick nicht mehr los und er starrte nur noch nachdenklich zu Boden.

„Ich muss zu meinem Vater, er hat nach mir verlangt", unterbrach Roberto die Stille und ging nach oben.

Black und seine Kollegen folgten dem Diener nach draußen und erst als der Kommissar in seinem Wagen saß, wusste er, dass dieser Fall nicht so leicht zu lösen wäre, wie die vorherigen Mafiafälle.

Black stand allein vor dem kleinen Reihenhaus in der Hauptstraße des italienischen Viertels der Stadt und las den Namen Mario di Fraolo auf dem Klingelschild, ehe er den Knopf drückte. Es dauerte eine Weile, ehe Marga-Mario in seinem verschwitzten schwarzen Anzug zögernd die Tür öffnete.

„Herr Kommissar, kommen Sie doch herein", bat er den Beamten höflich herein und zog die Tür hinter sich zu.

Drinnen war es muffig, heiß und es roch nach Tomaten. Black wünschte sich die kühle Abendbrise von draußen herein. Mario geleitete ihn in die Küche, wo mehrere Töpfe auf dem Herde standen, deren Inhalte brodelten.

„Wissen Sie, wo ich Maria finden kann?", fragte der Kommissar ohne Zögern.

Mario setzte sich und bot Black ebenfalls einen Stuhl an.

„Maria ist nach der Beerdigung gleich gegangen. Beide Eltern tot, keine Geschwister und dann noch so etwas. Ich mochte Vince wie einen Bruder, wissen Sie", sagte Mario und eine Träne lief ihm übers Gesicht.

Der Kommissar wusste das seine Frage nicht beantwortet worden war, aber mehr als wahrscheinlich wusste der Pizzabäcker nicht einmal selbst wo das Mädchen sich im Augenblick aufhielt.

„Ich hoffe Maria erbt nicht zu viele Schulden", bemerkte Black und bewegte Mario dazu in anzublicken.

„Vince wusste mit Geld umzugehen und als Kartenspieler hat ihn seine Glückssträhne nie verlassen. Er hat das Geld in Immobilien angelegt und besaß viele Aktien und eines wird Maria sicher in Zukunft nicht sein, arm. Sie darf nur jetzt nichts Falsches machen", informierte Mario Black ausgiebig.

„Pizzen wird sie in Zukunft also nicht mehr verteilen?", forschte Black weiter und er konnte die Antwort bereits erahnen.

„Nein. Sie hat mir vor der Beerdigung gesagt, sie benötige etwas Zeit für sich und hat gekündigt", antwortete der Mann und der Kommissar konnte spüren, dass es eine Lüge war.

Mario wusste etwas mehr, was er dem Kommissar nicht preisgeben wollte. Nur was? Dass Maria viel Geld erben würde, das hätte Black nicht gedacht. Sie hatte ihm sogar in die Augen geschaut in der Pizzeria und ihn angelogen. Auf jeden Fall ist viel Geld immer ein Motiv, ging es ihm durch den Kopf. Er musste mit Maria sprechen und herausfinden was Mario zu verheimlichen versuchte.

„Hat Maria einen Freund?", fragte Black nach einer Schweigeminute und suchte erneut Augenkontakt mit Mario.

Dieser erhob sich, wich dem Blick aus, und ging zum Herd hinüber. Er rührte in einigen Töpfen und schmiss plötzlich den Löffel durch die Küche. Blacks Hemd wurde mit etwas Tomatensoße bekleckert und der Löffel fiel scheppernd unter den Tisch.

„Dieses Miststück hat die Ehre unserer Familie in den Dreck gezogen! Sie will diesen Roberto heiraten und obendrein ist sie schwanger! Ich habe zur ihr gesagt, wenn sie diesen Macconti heiratet, ist auch sie für mich gestorben. Wie konnte sie nur?", schrie er die Töpfe an und Black hörte Schritte auf der oberen Etage.

„Mario!", schrie eine ältere Frauenstimme in den Flur hinunter.

„Meine Mama", entschuldigte sich Mario, verließ sogleich die Küche und stieg die Treppen nach oben.

Black hörte wie Mario sich mit seiner Mutter auf Italienisch stritt. Maria hatte eine Beziehung mit Roberto und war schwanger, das zumindest wusste er jetzt. Der Fall war von der einen auf die andere Sekunde klarer geworden.

Nach dem Motiv fehlten jetzt nur noch die Beweise oder zumindest Zeugen.

Für Black war Roberto jetzt der Tatverdächtige, ob er nun von Maria ein Alibi erhielt oder nicht. Er musste zurück zur Villa, das stand auf jeden Fall fest.

Den bildhaft schönen Sonnenuntergang beachtete Kommissar Black nicht weiter und steuerte seinen Dienstwagen wie schon so oft zuvor durch das Villenviertel von Lipptown. Mehr als wahrscheinlich steckte der dicke Huste-Marco mit unter der Decke, ging es Black durch den Kopf und hielt den Wagen schlagartig an.

Minuten später schlich sich der Kommissar am hohen, mit Hecken bewachsenen Zaun der Macconti-Villa entlang und fragte sich jetzt schon zum wievielten Mal, ob dies eine gute Idee wäre. Eine illegale Idee war es auf jeden Fall.

Mit einem Sprung haftete der muskulöse Beamte am schwarz lackierten Zaun und mit einem zweiten Ruck landete er auf dem gemähten Rasen der Villa. Black legte sich flach auf den Boden und verharrte in der Position. Niemand war zu sehen und nur die langen Schatten der Gebäude lagen mit Black auf dem Rasen. Jetzt oder nie. Der Kommissar sprintete zum Haus hinüber und versteckte sich in der offenstehenden Garage hinter der Villa.

Es war finster und Black musste sich tastend zwischen den geparkten Wagen vorwärts bewegen. Als plötzlich Stimmen vom Haupthaus her zu hören waren und als diese sich auf die Garage zubewegten, duckte sich Black und presste sich an einen der Wagen. Dutzende Glühbirnen gingen an und jetzt erst bemerkte Black dass er sich hinter dem grünen Wagen versteckt hatte, den er nachmittags gesucht hatte.

Und dann sah der Kommissar Roberto in einem weißen Anzug und neben ihm Maria in einem hellblauen Kleid. Beide standen vor der Garage und umarmten sich.

„Morgen, du wirst sehen", beteuerte Roberto und sah Maria in die Augen.

„Das geht zu schnell. Wir haben doch Zeit", sagte Maria und löste sich aus der Umarmung.

„Je eher wir ihm los sind, desto schneller werden wir hier das Sagen haben", wand Roberto ein, schritt von hinten an sie heran und legte beide Hände auf ihren Bauch.

Maria drehte sich lächelnd um.

„Ich muss am Montag zum Notar, fährst du mich hin?", fragte sie Roberto zärtlich und drückte ihm einen Kuss auf den Mund.

Roberto lächelte sie ebenfalls an.

„Dann wird meine Freundin für eine Weile mehr Geld besitzen als ich. Wo möchtest du das Kinderzimmer hinhaben?", fragte er und sah ihr in die Augen.

„In Marcos Schlafzimmer. Dort hat man den schönsten Ausblick und das Kind wird morgens von der Sonne geweckt. Sobald der Dicke tot ist werde ich passende Möbel suchen und eine schöne Wickelkommode", schwärmte Maria.

„Eben noch ging es dir noch zu schnell und jetzt möchtest du schon Möbel kaufen!", sagte Roberto laut und lachte.

Der Diener kam überraschend und außer Atem auf die Beiden zugelaufen.

„Der Herr ist außer sich. Er tobt und ist in der Treppe gestürzt. Hilfe!", brachte er noch hysterisch heraus, ehe er wieder zum Haus zurücklief.

Sofort folgte Roberto ihm und Maria ebenso. Black konnte ein Fluchen hören und machte sich unauffällig ebenfalls auf den Weg zum Haus. Was war passiert?

Als der Kommissar vorsichtig den hinteren Teil des Hauses betrat, vernahm er bereits einen heftigen Streit. In der Eingangshalle mussten sich alle befinden. Black näherte sich durch die Küche und blieb im Halbdunkel stehen. Er konnte jedes Wort des Streites mitbekommen.

„Es ist kein Gift!", brüllte Roberto und Black konnte hören, wie er auf und ab ging.

„Mein eigener Sohn hält mich für so...", brachte Marco noch heraus, ehe er wieder husten musste.

„Ihr blutet aus dem Mund!", warf der Diener besorgt ein.

„Einen Arzt!", schrie Marco mit seiner allerletzten Kraft.

Black musste sehen was vor sich ging und schlich sich aus der Küche in den Flur. Er konnte Marco sehen, der auf der Treppe lag, gestützt von seinem Diener. Vor ihm stand Roberto mit einem Fläschchen in der Hand. Neben ihm Maria, die sich an ihren Freund geklammert hatte.

Der Diener wollte eben zum Telefon laufen, aber Roberto hielt ihn fest und zielte mit seiner Waffe bedrohlich auf den älteren Mann. Sein Vater hustete immer heftiger und mehr Blut als zuvor spritzte in seine Hände.

Black klebte förmlich an der Wand schob sich so weit wie nur irgend möglich an das Geschehen heran.

„Deine Zeit ist gekommen, Vater. Sieh dich an! Es wird Zeit dass ich Befehle erteile!", offenbarte Roberto seinem Vater.

Marco zog abrupt einen Revolver aus seiner Hosentasche und spannte den Hahn. Maria schrie auf und Roberto zog prompt seine eigene 9mm-Pistole.

„Diese Fraolo-Schlampe! Sie ist an allem schuld!", röchelte Marco und zielte auf Maria. Roberto zog sie schützend hinter seinen Rücken.

„Sie ist keine Schlampe! Meine Freundin hat ihren eigenen Vater aus dem Weg geräumt und dasselbe werde ich auch tun! Du hast mich immer nur als kartenspielenden Träumer abgetan und Vince hat Maria über Jahre hinweg nur ausgenutzt. Zusammen rächen wir uns und zusammen werden wir diese Stadt regieren!", informierte Roberto seinen Vater ausgiebig.

Black, der inzwischen ebenfalls seine Dienstwaffe gezogen hatte, kam sprunghaft aus dem Flur hervor.

„Die Waffen fallen lassen!", brüllte der Kommissar in die Halle hinein.

Alle Anwesenden drehten sich erschrocken um.

„Ah Black!", brachte Marco noch hervor, ehe er wieder husten musste und seine Schmerzen verfluchte.

„Holen Sie einen Arzt und die Polizei!", befahl Black dem Diener, der zuerst nur verblüfft dastand, ehe er Hals über Kopf loslief.

„Ich könnte aus Notwehr heraus, jetzt einen Einbrecher erschießen", kommentierte Roberto Blacks Erscheinen und richtete seine Waffe auf den Kommissar.

„Du warst noch nie gut im bluffen...", sagte Marco und zielte weiterhin auf seinen Sohn.

Black betrachtete Robertos Pistole. Sollte Maria ihren eigenen Vater erschossen haben?

„Ich...", brachte Maria noch heraus, ehe sie ohnmächtig zu Boden glitt.

Roberto senkte seine Pistole und kniete zu ihr nieder.

„Weg mit der Waffe!", schrie Black und näherte sich.

Der junge Italiener legte die Pistole ohne Widerrede auf den kalten Marmorboden und schob sie dem Kommissar entgegen. Er fuhr Maria behutsam durchs Haar. Nachdem Black Robertos Waffe mit einem Taschentuch am Lauf aufgehoben hatte, lief er zu Marco hinüber. Dieser röchelte nur noch leise und sah schon mehr tot als lebendig aus.

„…diese Schmerzen!", flüsterte er und sah Black mit großen Augen an.

Der Kommissar versuchte den Revolver aus der Hand des dicken Mannes zu bekommen, aber dieser ließ die Waffe nicht los. Black stand auf und drehte sich zu Roberto um. Von weit entfernt, drangen Sirenen in die Ohren des Kommissars

„Welches Gift ist...", wollte Black den jungen Italiener noch fragen, aber ein Schuss durchschnitt die Halle und brachte alles zum Schweigen.

Black drehte sich um und sah dem toten Marco Macconti in die weit aufgerissenen Augen. Bluttropfen zierten jetzt die kalte Treppe und der Kommissar steckte seine Waffe wieder in den Lederholster.

Der Zartinko-Tempel

Anstatt Maria, stand Matia auf dem weißen Blatt Papier, welches in der Maschine eingeklemmt war und Black fluchte. Schon wieder ein Tippfehler. Er hasste das Tippen auf der Schreibmaschine mehr als sonst irgendeine Kleinigkeit seines Jobs. Die Berichte verfassen, machte ihm sogar noch Spaß, obwohl es ihn viel Zeit kostete, aber das Tippen schmeckte ihm über-haupt nicht.

Das Telefon klingelte schlagartig und Black stürzte sich sogleich darauf, wie eine Katze auf eine Schüssel Milch.

„Black", meldete er sich ganz gespannt, neugierig und lauschte.

„Bob hier. Es gibt eine Leiche im Hafen. Am Pier 7, um genau zu sein", informierte der Polizeibeamte den Kommissar.

Black legte auf. Mehr musste er gar nicht wissen. Endlich raus aus diesem Büro. Der Kommissar schnappte sich seinen Mantel und wollte schon zur Tür hinauslaufen, als das Telefon wieder einmal sein aufdringliches Ringen von sich gab. Black zögerte eine Sekunde, ehe er zum Tisch zurückkehrte.

„Black", meldete der Beamte sich erneut.

„Wo bleibt der Bericht Poker-Vince?", wollte Oberkommissars Tellips Stimme mit Nachdruck wissen.

„Beinahe fertig...", stammelte Black und konnte sich den zornigen Blick, passend zur Stimme seines Vorgesetzten, nur zu gut vorstellen.

„Heute am Nachmittag spätestens!", schrie Tellips in die Sprechmuschel seines Telefons und legte auf.

Es war an diesem Montagmorgen noch recht erträglich draußen und Black steuerte seinen Dienstwagen in den Norden der Stadt, zum Hafen. Lipptown würde auch heute wohl oder übel wieder einmal einen heißen Sommertag erleben, das konnte Black spüren. Keine Wolke am Himmel und eine gnadenlose Sonne, die ihre Kraft langsam entfaltete.

Hoffentlich nicht schon wieder eine Wasserleiche, ging es dem Kommissar durch den Kopf und plötzlich hatte er das Gesicht von Poker-Vince vor Augen. Der verweste Körper des Italieners hatte dem Kommissar damals schwer zu schaffen gemacht und er musste damals arg mit seinem revoltierenden Magen kämpfen.

Black parkte den Wagen an einem Lagerhaus in der Nähe und blickte aufs Meer hinaus. Mehrere Schiffe schwammen am Horizont um die Wette. Er stieg aus und der Geruch der weiten Welt haftete sofort an ihm. Eine Mischung aus Abwasser- und Fischgestank zog der Weite-Welt-Geruch auch noch mit.

Die siebte und letzte Kaizunge des Hafens ragte am längsten ins Wasser hinaus und am Ende der Stahlbetonkonstruktion konnte Black mehrere Polizeibeamte erkennen. Er machte sich auf den Weg und schritt zwischen Gangways und Rampen auf den Tatort zu. Kein einziger Frachter und keine Fähren hatten sich heute hier vertäut und so wurde Black nur vom Schwappen des Meerwassers begleitet.

„Männlich, zirka zwanzig Jahre alt, stranguliert und noch nicht identifiziert", berichtete der Gerichtsmediziner kurz und knapp, ehe er sich wieder

seinen Werkzeugen in den schwarzen Lederta-
schen widmete.

Black nickte und ging zu Bob hinüber. Dieser
grüßte und kniete sich dann auf den harten Boden.
Er zog das weiße Tuch, welches die Leiche be-
deckte, zurück und der Kommissar konnte sich ein
erstes Bild vom Opfer machen.

Ein junger Mann mit einem Hauch eines Schnurr-
barts. Er wirkte sehr dünn und blass und Black fielen sofort die typischen Merkmale am Hals des jungen Mannes auf.

„Was ist denn das für ein Kostüm?", fragte Black
und wies auf die violette Kutte mit den drei weißen
Streifen an den Schultern.

Bob drehte den Leichnam etwas und deutete auf
ein aufgenähtes gelbes Symbol auf dem Rücken
der Kutte.

„Das Ding habe ich schon irgendwo mal gesehen, aber selbst weiß ich es auch nicht mehr",
meinte Bob und legte die Leiche behutsam wieder
auf den Boden.

„Wohl irgend so ein religiöser Verein", murmelte
Black vor sich hin und stand auf. Er grübelte und
überlegte vor sich her.

„Ach ja, das haben wir auch gefunden", bemerkte
Bob noch und zeigte auf mehrere kleine und würfel-
förmige Stahlklötze, welche am Boden komplett verteilt lagen.

„Hier wollte wohl jemand dem jungen Mann loswerden und wurde dabei unterbrochen", folgerte
Black und blickte Bob an.

Bobs das-hab-ich-mir-auch-schon-gedacht-Blick
bestätigte die Vermutungen des Kommissars und
dieser drehte sich zum Hafen um.

„Es muss Zeugen geben", murmelte Black schon wieder, wie er es immer tat, und schritt die Kaizunge hinunter.

Black folgte dem Kuttenträger in eine Art Wartesaal und nahm auf einem der harten Stühle, die um einen einfachen Holztisch standen, Platz. Auf dem Tisch lagen verblasste Prospekte über den Obermeister des Ordens, John Zartinko. Der Tempel der Anhänger von Zartinko wies viele Ähnlichkeiten mit einem Kloster auf und dem Kommissar fiel der Brudermord des Lipptown-Klosters wieder ein, der erste Kriminalfall in seiner Karriere.

Der Mann, der ihm vorhin die Tür aufgemacht hatte, erschien wieder, gefolgt von einem älteren Kuttenträger mit vier weißen Streifen auf beiden Schultern. Black stand auf.

„Ich bin Robert, Meister des hiesigen Tempels", stellte er sich vor und hob grüßend die Hand.

„Kommissar Black, Ermittler der hiesigen Polizei", stellte sich Black nun vor und hob seine Dienstmarke in Nasenhöhe des Meisters.

„Man berichtete mir es sei dringend", fuhr der Mann leicht aufgeregt fort und winkte dem anderen Tempelangehörigen zu, den torlosen Raum zu verlassen.

„Heute Morgen wurde von einem Hafenarbeiter eine Leiche gefunden und dieser junge Mann trug eine ihrer Kutten", informierte Black den Meister, der daraufhin keine Regung mehr zeigte.

Der Kommissar zog drei Schwarz-Weiß-Abzüge aus der Tasche seines Hemdes hervor und legte sie auf den Tisch. Ein Foto zeigte das Gesicht des Opfers, ein weiteres das Ordenssymbol auf dem Rücken und auf dem letzten Bild war der Pier mit dem gesamten Tatort zu erkennen. Der Meister nahm sie behutsam in seine Hände.

„Das ist Oberbruder Marc", sagte Robert nach einer andächtigen Minute des Schweigens und händigte Black die Bilder wieder aus.

„Wir gehen im Augenblick von Suizid aus, Strangulation, um genauer zu sein. Alles deutet daraufhin dass er sich erhängt hat", offenbarte Black und ließ das Gesicht des Meisters nicht mehr aus den Augen.

„Er kam letzte Woche zu mir und bat um Ferien. Da er ein Oberbruder ist, steht ihm eine Woche Ferien zu, die habe ich ihm gewährt. Er wollte seinen Vater hier in der Stadt besuchen und seit Freitag habe ich nichts mehr von ihm gehört", sagte der Meister mit einem monotonen Ton und hielt inne.

„Kann ich sein... Zimmer sehen?", fragte der Kommissar und der Meister drehte sich urplötzlich blitzartig um.

„Folgen Sie mir", forderte er Black auf.

Der Meister schob den schweren violetten Vorgang beiseite und beide betraten die Zelle des Oberbruders Marc. Black erinnerte die Zelle sehr an eine seiner Haftzellen im Keller des Polizeitempels.

„Der Tod des ehrwürdigen Bruders muss betrauert werden", teilte der Meister gefühlskalt mit, sah Black an und ließ den Beamten anschließend allein.

Weiße und kahle Wände, ein Porträtfoto des Obermeisters Zartinko auf dem Nachttisch, ein fein säuberlich gemachtes Bett und ein Schrank. Die Einrichtung der Zelle war mehr als erbärmlich und Black schritt zum kleinen Fenster hinüber und sah auf den Hof des Tempels hinaus. Einige Hecken verzierten den grau gepflasterten Innenhof. Ein

Bruder in violett huschte am Fenster vorbei und Black drehte sich wieder um.

Im Schrank fand der Kommissar nur Kleidung und im Nachttisch nur eine Art Bibel. **DIE LEHRE DES ZARTINKO** stand in goldenen Kapitalbuchstaben auf dem Deckel und Black ließ das Buch wieder in die Schublade gleiten. Das Opfer war wohl sehr von dem Orden überzeugt.

Black schüttelte den Kopf und hob die Matratze des Bettes auf. Schon oft hatte er Hinweise unterhalb eines Bettes gefunden aber dieses Mal fand er nur einige Staubwölkchen.

Ein leises Läuten ging durch den gesamten Tempel und Black sah erneut durch das Fenster. Es schien so als ob alle Brüder des Ordens sich versammeln würden. Wahrscheinlich beteten sie jetzt für ihren Toten.

Black verließ die Zelle und bemerkte erst jetzt dass der Bruder, der ihm die Eingangstür geöffnet hatte, vor dem Vorhang stand und auf ihn sehnlichst wartete.

„Ich soll Sie wieder hinaus begleiten", flüsterte er zögernd und schaute zu Boden.

„Ich möchte aber noch mit dem Meister sprechen", warf Black ein und wartete auf eine Reaktion des jungen Mannes.

„...äh Das geht jetzt nicht", sagte der Bruder aufgeregt und ging auf den Ausgang zu.

Black folgte ihm missmutig und betrachtete das Symbol auf dem Rücken des Mannes.

„Was hat das Symbol überhaupt zu bedeuten?", wollte Black wissen und blieb stehen.

„Die vier Z des Ordens sind in diesem Symbol vereint. Zuflucht vor der Zivilisation, bietet dir der

Orden der Zeugen von Zartinko", sagte der Mann auswendig auf und schritt eilig weiter.

Der Kommissar erkannte jetzt tatsächlich vier Z in dem Symbol. Solange jeder Mensch glücklich ist in dieser Welt, dachte er und schritt hinaus auf die heiße Straße. Der Bruder verrammelte eilig hinter Black die Tür und der Kommissar hatte wieder seine eigene Welt betreten. Sogar die Wärme hatte Black vermisst.

Nachdem Black zum vierten Mal geklingelt hatte, wurde endlich die Tür geöffnet. Ein schlecht rasierter Mann mit grauen Strähnen im Haar, einem verschlafenen Blick und in fein gerippte Unterwäsche gekleidet, stand vor ihm. Die Ähnlichkeit mit dem Toten frappierte den Kommissar und er musste schlucken.

„Was?", raunte der schmächtige Mann mit heiserer Stimme dem Beamten entgegen.

„Sind Sie Walter Connor?", fragte Black und hob seine Dienstmarke hoch.

Der Mann nickte und blickte überrascht auf.

„Kommissar Black mein Name. Darf ich eintreten?", fragte der Kommissar und vermied es seinen Blick unterhalb der Gürtellinie fallen zu lassen.

Der Mann, mit der leicht gelblichen Unterhose, die beim Kauf wohl mal weiß war, öffnete die Apartmenttür und Black trat ein. Es roch nach Bier, Pisse und etwas anderem was Übelkeit im Magen des Kommissars hervorrief. Eine Mischung aus Schweiß und Fäkalien. Black rümpfte die Nase und vermied es zu oft Einzuatmen. Das Innere der Wohnung war düster und heiß und der Kommissar ekelte sich bereits davor sich hier länger aufzuhalten.

„Ihr Sohn wurde heute Morgen tot aufgefunden", informierte Black den Mann.

„Ich habe keinen Sohn mehr", sagte Walter und ließ sich auf den Sessel vor den Fernseher plumpsen.

Einige leere Bierflaschen kippten dabei um und kullerten auf den verdreckten Teppichboden. Walter schaltete den Ton des Fernsehgerätes wieder an und ignorierte Black. Der Kommissar stellte sich provozierend vor das Gerät und schaltete per Knopfdruck aus.

„Hey", brüllte der Mann und war im einem Moment wieder auf den Beinen.

Black drehte sich um und blickte in die weiten Pupillen des Mannes.

„Wann haben Sie ihn das letzte Mal gesehen?", fragte der Kommissar und blieb trotz der aggressiven, geruchsintensiven und ekelhaften Atmosphäre gelassen.

„Was geht dich das an? Mein Sohn ist an dem Tag gestorben, an dem er diese Kutte angezogen hat. Und seitdem soll er sich doch zu seinem neuen Teufel scheren!", schrie er Black an.

„Wann haben Sie ihn das letzte Mal gesehen?", fragte der Kommissar erneut und versuchte den aufdringlichen Mundgeruch, der ihm in die Nase eindrang, zu ignorieren.

„Vor ein paar Tagen oder so...", gab Walter zu und kehrte zum Sofa zurück.

„War er hier?", forschte der Kommissar nach und blickte sich in der völlig zugemüllten Wohnung um.

„Verpiss dich!", brummte Walter leise und suchte nach einer vollen Bierflasche in seiner näheren Umgebung.

Black hatte sehr wohl die Aufforderung verstanden und schritt angeekelt auf den Mann zu.

„Eigentlich hab ich heute keine Lust alles zweimal zu wiederholen, Mister Connor! Ich will nur wissen, ob ihr Sohn hier aufgetaucht ist oder nicht. Ich weiß dass Sie schon mehrere Male mit der Polizei zu tun hatten, es existiert eine Akte über Sie. Ich weiß dass Sie seit dem Tod ihrer Frau viel leiden mussten und in vielen Behandlung waren. Und ich weiß dass ihr einziger Sohn Sie besuchen wollte und jetzt tot ist. Und jetzt sagen Sie mir, ob er hier war oder nicht!", schrie der Kommissar und sah erst jetzt dass der Mann weinte.

Black blieb erschrocken stehen und brachte kein Wort mehr heraus. Mister Connor legte sich auf die Couch und krümmte sich zusammen. Er schwieg und Tränen liefen ihm noch immer über die Backen. Black ging zum Tischtelefon und wählte die Nummer des Polizeihauptquartiers. Sogar an der Wählscheibe blieben die Finger des Kommissars kleben. Eine Gänsehaut lief Black über den Rücken.

Er befand sich zwischen einer metallverarbeitenden Fabrik und einem Supermarktparkplatz und hätte Black dem Tempel nicht schon einen Besuch abgestattet, wäre er wie viele andere auch an dem Gebäude vorbeigefahren und hätte sich gefragt was wohl da drin vom Band laufen würde. Es war wie der Kommissar es geahnt hatte, ein furchtbar heißer Nachmittag und Schweißperlen kullerten, gravitationsbedingt, gen Boden. Manche benässen das Hemd des Kommissars, sehr zu seinem Ärgernis.

Black wurde langsam ungeduldig und ließ den vergoldeten Klopfer in Z-Form erneut gegen die Tür prallen. Nichts schien sich irgendwie zu rühren. Der

Kommissar seufzte und prompt wurde das Tor einen Spalt breit geöffnet.

„Entschuldigung...", stammelte der junge Mann in dieser violetten Kutte nervös, den Black nur zu gut kannte.

„Ich muss zum Meister", sagte Black in einer befehlerischen Tonlage.

Der Mann öffnete sofort das Tor und ließ den Polizeibeamten eintreten.

„Würden Sie bitte warten?", fragte der Mann zögernd und nachdem Black bejaht hatte, schlich er in einem Korridor davon.

Black nahm wieder im Wartesaal Platz. Walter Connor, Marcs Vater, hatte man am Vormittag im Lipptown-Krankenhaus aufgenommen und eine Vernehmung war bisweilen nicht möglich gewesen. Womöglich hatte er etwas mit dem Tod seines Sohnes zu tun, oder vielleicht nicht? Und wer wollte den Leichnam im Hafenbecken loswerden? Wer störte ihn bei dieser Aktion? Diese Fragen schwirrten im Kopf des Kommissars umher, als schlagartig der Meister erschien.

„Haben Sie noch Fragen?", wollte der Meister grußlos wissen und schaute Black dabei an, als ob er ihn gerne zum Mond schießen würde.

„In der Tat", antwortete Black, "im Augenblick bin ich nicht auf der Flucht vor der Zivilisation!"

Der Meister drehte sich um, ging, und der Kommissar folgte nach einer Weile.

„Seit wann war Marc Clubmitglied hier?", wollte Black abwertend wissen und wartete gespannt auf die Wirkung seiner Frage.

„Oberbruder Marc war seit vier Jahren Zeuge von Zartinko und hat stets seine Aufgaben mit der größten Sorgfalt erfüllt und einen unbeschreiblichen Tatendrang an den Tag gelegt, an dem sich manch anderer Bruder eine dicke Scheibe abschneiden könnte", sagte der Meister und blickte, nachdem er beendet, hatte Black an.

„Die Obduktion findet gerade statt, wenn sich also einer bedienen will", gab der Kommissar preis und schaute um sich.

„Würden Sie mich in mein Büro begleiten?", fragte der Meister auffordernd und die in Zorn geratenen Augen fixierten die des Kommissars.

Dass das Büro des Meisters eine Tür besaß, wunderte Black, denn bislang hatte er nur die violetten Vorhänge als Abtrennungen im Tempel gesehen, aber was ihn mehr wunderte war das Verhalten des Meisters.

Der Mann wirkte, seitdem Black die Tür hinter sich zugemacht hatte viel angespannter und es kam Black so vor, als hätte sich der Meister beim Betreten seines Büros gehäutet.

„Er hat sich und seine Brüder zu viel gequält, wissen Sie?", brachte der Meister in zittriger und ängstiger Stimmlage hervor, „Aber ich musste ihn zum Oberbruder machen, es war ja sonst keiner so aktiv..."

„Marc hat die anderen Brüder gequält?", wollte Black genauer wissen und schaute verdutzt dem Meister nach, der sichtlich nervös mit einem Kugelschreiber spielte.

„Sie... sie mussten ihm blindlings gehorchen... er hat manche auch geschlagen", gab der Mann zu und legte seinen Kopf zwischen, die auf dem Pult abgestützten Arme.

Black blickte zum Gebälk des Büros hoch.

„Dort hing er...", sagte der Meister mit seiner allerletzten Kraft und hatte seinen Blick noch immer auf die Schreibtischunterlage seines Pultes gerichtet.

„Wann haben Sie ihn eigentlich gefunden?", fragte Black und richtete seine Augen wieder auf seinen Gesprächspartner, der langsam wieder zu sich kam.

„An dem Sonntagnachmittag, als ich vom Seminar in Reddpark-City heimkehrte... er baumelte da oben... Er hat das mit seinen Eltern nie verkraftet, wissen Sie...", offenbarte der Meister und schwieg anschließend, ohne seine Körperhaltung zu verändern.

„Und dann wollten Sie Marc heimlich im Hafen versenken?", forschte Black weiter.

„Ich musste eine Entscheidung treffen... er musste raus hier und irgendwie fiel mir der Hafen ein... Bruder Pete half mir, bis plötzlich ein Lastwagen zu hören war... wir sind dann geflüchtet", erzählte der Meister weiter. Eine Weile lang schwiegen beide Männer, ehe Robert wieder das Gespräch aufnahm.

„Ich gebe zu, ich wollte den Suizid vertuschen... es wäre ein Skandal wenn im Orden des John Zartinko ein Oberbruder Selbstmord begangen hätte", gestand Robert und atmete tief durch den Mund aus.

„Was wäre passiert, wenn Marcs Vater nach seinem Sohn gefragt hätte?", fragte Black und wusste dass dieses Menschenwrack den Tempel nicht einmal gefunden hätte.

„Ich hätte jedem gesagt, Oberbruder Marc wäre auf einer Auslandsmission... im Auftrag des Ordens unterwegs gewesen", sagte der Meister und schaute den Kommissar an.

Das Erste was Black tat, als er sich wieder in seinem Büro befand, war es, das Fenster zu öffnen und die angestaute Hitze des Tages entweichen zu lassen. Anschließend setzte er sich und blickte auf die Schreibmaschine, in welcher immer noch der Bericht Poker-Vince eingeklemmt war und darauf wartete zu Ende getippt zu werden.

Black seufzte.

Die
Museumstherapie

Als Black in seinen Dienstwagen gestiegen war, lastete noch immer ein schwerer Mantel aus Müdigkeit auf seinen Schultern. Der Kommissar musste gähnen. Liebend gerne wäre Black wieder zu Sheila ins Bett gekrochen, stattdessen aber wartete eine Leiche im Museum auf den Beamten. Er startete den Wagen.

Das Lipptown-Geschichts-Museum befand sich im Zentrum der Stadt, in der Nähe der St.-Paul-Kirche und des städtischen Krankenhauses. Aufgrund des nicht vorhandenen Verkehrs, um zwei Uhr nachts, gelangte Black nach kurzer Fahrt an sein Ziel.

„Die ersten Beamten, die eingetroffen sind, hielten das Ganze für einen Einbruch", erklärte Bob dem Kommissar, als dieser die Eingangstreppe heraufkam.

Black nickte verschlafen und sah die großen gläsernen Bruchstücke, die verstreut am Eingang lagen. Die große Fensterscheibe neben dem Eingangsportal war zertrümmert worden, das war unschwer zu erkennen. Bob war es auch gewesen, der Black angerufen hatte und ihm, als er noch neben seiner Freundin im Bett lag, Einzelheiten erklären wollte.

„Hallo Bob", begrüßte ihn sein Vorgesetzter gähnend.

„Die Beamten folgten den Spuren bis ins Innere des Museums und fanden hinter einer Tür dann den Ermordeten", berichtete der Beamte eifrig und sah Black an.

Der Kommissar blickte gerade auf den frisch versiegelten Granitboden und sah deutlich die Fußabdrücke.

„Zwei verschiedene Abdrücke", sagte Bob, "an dem Größeren kann man sogar das frische Blut erkennen"

Ein grauhaariger Mann, der wohl in aller Eile bloß einen Mantel über seinen seidenen Schlafanzug geworfen hatte, kam auf die beiden Polizeibeamten zu. Bob drehte sich um.

„Kann ich dann jetzt gehen?", fragte er zaghaft.

„Kein Problem, wir lassen einen Beamten hier", versicherte Bob und der Mann verließ erleichtert das Museum.

Black folgte jetzt ebenfalls, wie seine Kollegen vor einer Stunde, den Spuren und blieb neben dem maßstabsgerechten Modell einer römischen Trireme stehen.

„Das war der stellvertretende Direktor des Museums. Er hat den Alarm gehört und er ist auch der die Polizei verständigt hat", informierte Bob den Kommissar.

„Und es wurde absolut nichts gestohlen?", fragte Black ungläubig und ließ seinen Blick über die Vitrinen   huschen.
Bob ging am Kommissar vorbei und bog in den griechischen Saal ein. Black ging hinter ihm her und achtete darauf, nicht auf die Fußspuren zu treten.

„Hinter der Zeusstatue des Phidias haben die Beamten die Tür gefunden", erklärte Bob und schritt über die am Boden liegende Kordel und die verchromten Ständer, die umgestoßen worden waren.

Deutlich konnte man jetzt auch Handabdrücke am Boden erkennen. Hier war wohl einer der Einbrecher gestolpert.

„Und hier ist die Tür", sagte Bob, der sich schon hinter dem Thron befand.

Kommissar Black schaute nach oben und Zeus blickte grimmig auf den Kommissar hinab. Als ob der Gott mit dem Vollbart geahnt hätte, dass Black im nächsten Augenblick die Brust der Siegesgöttin auf der rechten Hand des Zeus begutachten würde.

„Es befinden sich übrigens vier Räume in dieser Abteilung des Krankenhauses", informierte Bob, dessen Stimme schon abgeschwächt in Blacks Ohr drang.

„Krankenhaus? Das heißt durch diese Tür gelangt man ins St.-Paul?", wollte der Kommissar wissen und trat jetzt ebenfalls durch die einfache Holztür.

Bob stand im schmalen, schwach beleuchteten Flur und ging, als er Black sah, durch eine weitere Tür. In dem schmalen Raum befand sich bereits der Gerichtsmediziner, gebeugt über die Leiche. Die große Blutlache, die sich um den toten Mann im weißen Kittel befand, war stellenweise von Fußabdrücken verwischt worden.

„Männlich, etwa vierzig Jahre alt, erstochen worden", resümierte der Mediziner seinen Bericht und schaute gähnend zu Black auf.

Bob zeigte mit seinem Kugelschreiber auf ein Skalpell, welches blutverschmiert auf dem gekachelten Boden lag, unweit des Toten.

„Kollege George glaubt Fingerabdrücke auf der Tatwaffe gefunden zu haben und sobald der Fotograf alles im Kasten hat, wird er genauere Untersuchungen vornehmen", schilderte Bob und sah Black an.

Der Kommissar ließ alle Informationen des Falles Revue passieren und verließ den kleinen Raum.

Ein weiterer Beamte kam auf ihn zu.

„Ich hab da vorhin was gefunden", teilte dieser mit und Black folgte ihm den schmalen Flur entlang und beide standen vor zwei zellenähnlichen Räumen.

Ein Fäkaliengeruch drang aus den kleinen Zellen, deren Türen offen standen und Black sah im Schein der Glühbirnen in jedem Verlies, einen Nachttopf stehen. Außer diesem möblierte nur noch ein einfaches Bett die Räume. Hier mussten über längere Zeit mindestens zwei Personen eingesperrt worden sein. Und mehr als wahrscheinlich waren es auch die Beiden, die durch das Museum geflüchtet waren. Und hatte einer den Mann im Kittel ermordet? Und wo waren sie jetzt?

Nicht unweit von der Macconti-Villa, im vornehmen Viertel von Lipptown, parkte Black seinen Dienstwagen auf dem Bürgersteig. Wieder einmal hatte ein Kriminalfall Black in diese Gegend verschlagen.

„Hier wohnte unser Opfer, Doktor Richard Rarx", teilte Bob dem Kommissar mit und dieser stellte den Motor ab.

Beide blickten zu der mächtigen Behausung im französischen Kolonialstil hinüber, auf die Bob gezeigt hatte. In der Morgendämmerung sah das Gebäude zwischen den Zypressen richtig unheimlich aus und eine Gänsehaut durchzog die Haut des Kommissars.

„Große Hütte für einen Mann allein", meinte Black noch, ehe die beiden Beamten ausstiegen.

Sie überquerten die Auffahrt aus Betonsteinen und Black ließ seinen Blick über den taubefeuchteten und gepflegten Rasen gleiten. Die ersten Sonnenstrahlen, die langsam über die umliegenden

Hügel kletterten, ließen das Grün aufblitzen. Zwischen den weißen Säulen der Villa gingen sie auf die große Eingangstür zu. Bob zog den Haustürschlüssel, den sie in der Hosentasche des Arztes gefunden hatten, hervor, öffnete und beide betraten das palastähnliche Gebäude.

„Hätten ich doch bloß studiert...", jammerte Bob leise vor sich hin und schien den Luxus regelrecht in sich aufzusaugen.

„Ich sehe mich unten um, übernimm du den ersten Stock!", befahl Black und ging auf das große und offen stehende Wohnzimmer mit dem Kamin zu.

Das Opfer hatte ziemlich denselben Geschmack wie Marco Macconti, fand Black und bestaunte den mit Aktenordnern überfüllten Tisch in der Mitte des Raumes.

Als der Beamte den obersten Ordner mit der Aufschrift "R-Therapie" aufklappen wollte, hörte er, wie ein Wagen die Auffahrt hinauffuhr. Der Kommissar ging zu den mit weißen Vorhängen behangenen Fenstern und blickte hinaus.

Ein auffällig roter Wagen stand jetzt in der Einfahrt und ein junger Mann in einem maßgeschneiderten Anzug stieg aus. Er ging zielstrebig auf die Eingangstür zu und Black verließ eilig das Wohnzimmer. Zu Blacks Erstaunen stand der Mann bereits im Flur, mit einem Schlüssel in der Hand.

„Wer sind Sie?", fragte er überrascht und blieb stehen.

Black hielt dem Mann seine Dienstmarken unter die Nase. Die steigende Nervosität beim Anblick dieser, konnte der Mann nicht mehr so richtig verbergen.

„Ich bin Kommissar Black und Sie?", wollte der Beamte neugierig wissen.

Der junge Mann musste schlucken und ihm wurde sichtlich unwohl. Bob kam wissbegierig die Treppe herab und zeigte ebenfalls seine Polizeimarke.

Nach dem Erscheinen des zweiten Beamten, konnte man deutlich erkennen dass der Mann am liebsten Hals über Kopf geflüchtet wäre.

„Ich bin Jonathan Detour von R-Pharma und habe eine Verabredung mit Doktor Rarx", stellte sich der Mann schließlich vor und fuhr aufgeregt mit seiner rechten Hand durch seine lange blonde Mähne.

„Der Doktor wurde vor wenigen Stunden ermordet", informierte Black den Mann.

„Ermordet?", fragte Jonathan erschrocken und stand mit offen stehendem Mund vor den Beamten.

„Darf ich fragen, woher Sie den Schlüssel haben?", wollte Black wissen und sah den Schrecken in den Augen von Jonathan.

„Ich habe viel mit Richard zusammengearbeitet. Wir haben da ein Projekt...", schilderte Jonathan, ehe er innehielt.

„R-Therapie?", fragte der Kommissar etwas leichtfertig.

„Wer hat ihn ermordet?", warf Jonathan nach Sekunden des nichts Sagens ein und schien einen großen Bogen um diese Therapie machen zu wollen.

„Genau das wollen wir herausfinden, Mister Detour", übermittelte Bob dem Mann.

„Ich muss jetzt gehen", sagte Jonathan hastig und drehte sich augenblicklich zur Tür.

Im großen Türrahmen blieb er stehen, kramte etwas aus seiner Hosentasche hervor und drehte sich dann zu Black um, der ihm mit großen Schritten gefolgt war. Er hielt eine Visitenkarte in der rechten Hand.

„Ich hätte Sie sowieso darum gebeten", sagte der Kommissar und nahm das eckige Papierstück entgegen.

Mister Detour nickte und verließ eilig das Haus.

Insgesamt 37-mal war auf Rarx mit dem Skalpell eingestochen worden und die Schlagader am Hals konnte gleich zwei Stiche aufweisen. Das Opfer war verblutet und die blauen Flecken, die der Gerichtsmediziner am ganzen Körper verstreut gefunden hatte, deuteten auf eine Prügelei hin.

Die blutigen Fingerabdrücke auf der Tatwaffe stimmten mit keinem Abdruck aus der Verbrecherkartei überein, das hatte George bereits herausgefunden.

Der Doktor hatte die Räume genutzt, die eigentlich an das Museum vermietet worden waren. Der Direktor des Museums persönlich, hatte den Kommissar gleich am Vormittag im Polizeihauptquartier aufgesucht und ihm so manche Fragen beantwortet.

„Er hat ja auch viel Miete gezahlt, wissen Sie", hatte der Direktor des Museums dem Kommissar versichert.

„Und was er in den Räumen getan hat, wissen Sie nicht?", hatte Black nachgehakt.

„Er sagte mir einmal, während einer Partie Golf, dass er dort manchmal ein Nickerchen halten würde", hatte ihm der Mann versichert.

Ein Nickerchen.

Das war wohl das letzte was der Doktor dort getan hatte, ging es Black durch den Kopf. Irgendetwas hatte dieser Pharmakonzern damit zu tun, aber was? R-Therapie?

Black hatte Krankenhäuser noch nie gemocht und schon allein der Anblick der schneeweißen, grell beleuchteten Flure und der typische Geruch, der hier herrschte, bereitete ihm Unbehagen. Er stand an der Rezeption und ein eben eingeliefertes Unfallopfer wurde rasch am Kommissar vorbeigeschoben.

Die Dame an der Rezeption, die etliche Winter mehr als Black überlebt hatte, schien am Telefonhörer zu kleben und die Ungeduld ließen die Finger des Kommissar rhythmisch auf die Theke klopfen.

„Der Chef kommt ja gleich!", fauchte sie dem Beamten entgegen und schoss mit ihren blauen Augen, die hinter dickem Glas weilten, ihre Giftpfeile ab.

Black seufzte, drehte sich um und konnte hören, wie die "nette" Rezeptionsdame den Direktor des Krankenhauses noch einmal ausrief. Es dauerte eine ganze Weile, bis ein älterer Mann mit Glatze auf den Kommissar zu getrippelt kam.

Er trug einen dunkelblauen Anzug, der so alt wie sein Träger zu sein schien.

„Sie sind der Polizist, nehme ich an", sagte der Mann keuchend und streckte seine Hand dem Beamten entgegen.

„Kommissar Black, das stimmt. Und Sie sind?", fragte Black und ließ angeekelt die blasse und zitternde Hand los.

„Victor R. Edwards, Direktor des St.-Paul", stellte sich der alte Mann vor.

Der Direktor wandte sich vom Kommissar ab und ging den Flur, den er gekommen war, wieder runter.

Black folgte ihm.

„Es ist eine Tragödie. Unser bester Mann!", jammerte der Alte und nickte einer blonden Krankenschwester zu, die vorbeieilte.

„Wissen Sie was an was für einem Projekt Doktor Rarx mit Jonathan Detour von R-Pharma gearbeitet hat?", fragte Black und sah auf dem Namensschild neben der Tür, dass sie das Büro des Direktors erreicht hatten.

„R-Pharma? Die Firma stellt Anti-Depressions- und Schmerzmittel her. Aber der Name des Mannes sagt mir nichts", meinte Victor und nahm auf seinem Sessel Platz.

„Und eine Verbindung mit Doktor Rarx sehen Sie also auch nicht?", wollte Black wissen und sah dem Direktor in die Augen.

„Da fragen Sie am besten mal die Assistentin von Rarx, Jenna Feel", teilte Victor dem Polizeibeamten mit und hatte schon einen Finger auf der umschaltbaren Sprechanlage.

Das Apartment der Assistentin lag im zweiten Stock eines gepflegten Hauses, im bürgerlichen Vorort von Lipptown. Auch nachdem Black zum dritten Mal geklingelt hatte, war kein Geräusch aus der Wohnung gedrungen und Black fragte sich wo Jenna stecken könnte. Im gesamten Haus war nicht einmal der kleinste Laut zu hören und Black schlich die Treppen wieder ins Erdgeschoss.

„Wer sind Sie?", krächzte plötzlich eine aufdringliche Frauenstimme hinter dem Kommissar.

Black drehte sich um und sah eine ältere und schwergewichtige Dame mit schütterem Haar im

Flur stehen. Einen Putzlappen hielt sie in der linken und einen Eimer Wasser in der rechten Hand.

„Ich suche Jenna Feel", sagte der Kommissar und die Dame näherte sich langsam.

„Ach das nette Mädel! Das arbeitet im Krankenhaus", erzählte sie in einer zu hohen Tonlage.

„Heute ist sie da aber nicht erschienen. Wissen Sie vielleicht, wo sie sich aufhalten könnte?" fragte Black und nahm seine Dienstmarke aus der Hosentasche.

„Sie ist aber immer sehr ordentlich! Und sie putzt immer das Treppenhaus sehr gut!", versicherte die Frau dem Kommissar, der schon entnervt aufgeben wollte.

„Danke", sagte Black noch und drehte sich zum Ausgang um.

„Sie hat eine Freundin in Reddpark-City!", rief die Dame dem Beamten hinterher und sogleich blieb dieser stehen.

„Wissen Sie den Namen der Freundin?"

Sheila hatte ihm einen Hund besorgt. Einen wirklich netten Hund. Er brachte Black morgens die Zeitung ans Bett und schaute dann den Beamten, mit dem Gipsbein, hechelnd und schwanzwedelnd an.

Auf der zweiten Seite der angefeuchteten Lipptown-News fand der Kommissar schließlich einen Artikel über die „Rarx-Therapie der Schmerzen".

Es wurde über den Doktor geschrieben, der neuartige Pillen an nichts ahnende Patienten ausprobierte. Es war von viel Geld die Rede, die der Pharmakonzern dem Doktor auf ein ausländisches Konto überwiesen hatte. Daneben war ein Bild der hübschen Assistentin, die von Rarx vergewaltigt worden war.

Black konnte sich noch sehr gut an die erste Begegnung mit Jenna erinnern. Deutlich hatte er erkannt, dass viele Tränen aus ihren Augen entweicht, waren und ihr Körper lange keinen Schlaf bekommen hatte. Sie saß kraftlos auf dem Bett ihres Zimmers im Reddpark-Hospital und war beim Eintreten des Kommissars erschrocken.

Dann hatte sie ihm schluchzend alles erzählt. Die Zusammenarbeit des Doktors mit dem Konzern. Die Auswahl der Patienten. Die Pillen mit den verschiedenen Dosierungen. Die Zellen im Museum. Die Vergewaltigung. Den Mord. Die Flucht.

Jenna hatte den Arzt tatsächlich während eines Nickerchens umgebracht und war dann mit den beiden Patienten durchs Museum geflüchtet. Black hatte noch Fragen gestellt, aber auf diese antwortete die Assistentin nicht mehr. Sie weinte nur noch und hatte sich dann aufs Bett gelegt.

Und dann hatte Black noch die Patienten gesehen, die noch nicht vernehmungsfähig waren. Und dann hatte der Kommissar die letzte Stufe beim Verlassen des Krankenhauses nicht gesehen und war gefallen.

Sie wollten, dass ich töte!

Als Black den Motor seines Dienstwagens abstellte, spürte er sogleich, wie die Hitze gnadenlos das Wageninnere in Besitz nahm. Hinfort war der kühlende Fahrtwind, der vorhin durch die heruntergekurbelten Fenster gedonnert war.

Er verwünschte alle Polizeibeamten, welche sich freigenommen hatten und stieg aus. Jetzt musste er sogar zu den Glotzern, den Bürgern, welche sich aus purer Langeweile in das Leben ihrer Nachbarn einmischten und jegliche Unregelmäßigkeit, ohne zu zögern der zuständigen Polizei meldeten.

Manche dieser Personen riefen an, wenn eine Gardine im Nachbarhaus nicht mehr zu sehen war. Schwer vorzustellen, dass manche Menschen ihre Vorhänge auch ab und zu waschen. Andere meldeten sofort irreguläre Besucher oder sehr beliebt war es auch, abends brennende Lichter bei den Nachbarn zu observieren. Das kann ja heiter werden...

Der Kommissar ächzte und suchte die Hausnummer, die er auf einen Zettel aufgeschrieben hatte. Seine Glotzer in dieser schattenlosen Straße, die McFarmers, hatten gestern in der Nacht Schreie aus dem Nachbarhaus gehört. Werden wohl Katzen gewesen sein, ging es Black durch den Kopf. Diese Biester können ganz schön skurrile Laute von sich geben...

Er schlenderte zum gegenüberliegenden Bürgersteig und näherte sich einem gepflegten Wohnhaus. Unzählige Blumen zierten den Vorgarten und nicht wenige ließen den Kopf hängen. Durch das offene Fenster im ersten Stock drangen die Klänge der neunten Symphonie von Beethoven in die Welt hinaus.

Black läutete. Die Sonne knallte dem Kommissar wie eine Faust ins Genick. Schweiß rann gen Erde. Die Angelegenheit schnell und sachlich hinter mich bringen. Kurz darauf konnte er hören, wie die Nadel von der Schallplatte gehoben wurde und Personen die Treppe herunterkamen. Vorsichtig wurde die Eingangstür geöffnet. Der Kommissar hielt seine Dienstmarke hoch.

„Black mein Name“, stellte er sich dem alten Ehepaar vor. „Wenn Sie die McFarmers sind, darf ich dann eintreten?“

Die beiden hageren Figuren nickten und ließen den Beamten in den Schatten des Flures flüchten.

„Was für eine Hitze“, entwich es Black drinnen und wischte sich Schweißperlen mit dem Handrücken von der Stirn.

„Was haben Sie denn so Ungewöhnliches bei Ihren Nachbarn gehört?“

„Wollen Sie nicht zuerst etwas trinken, Herr Polizist?“, erkundigte sich die Ehefrau besorgt. „Sonst fallen Sie uns ja noch um.“

„Wenn sie schon so lieb fragen, würde ich ein Glas Wasser nehmen“, antwortete der Kommissar.

„Kein kühles Bierchen?“, wollte der Mann mit ernster Miene wissen.

Black zögerte, doch dann winkte er dankend ab. Nicht länger bleiben als nötig. Die Frau machte sich auf zur Küche am Ende des Ganges. Mister McFarmer öffnete indes rechterhand die Tür zum Wohnzimmer und bat den Kommissar einzutreten. Der karg möblierte Raum bot eine natürliche Frische, welche Black dankend aufsog.

Nachdem man um den ovalen Esstisch Platz genommen hatte und die Ehefrau ihnen unterdessen wieder Gesellschaft leistete, fragte Black erneut nach dem Beweggrund ihres Anrufes.

„Bakers, das sind unsere Nachbarn, sieht und hört man selten. Seit eh und je", fing der Mann mit erzählen an und der Kommissar nahm tief Luft. Adam und Eva haben wir zumindest übersprungen...

„Doris lebt mit ihrem Sohn allein im Haus. Ihr Lebensgefährte ist vor Jahren verunglückt", ergänzte die Frau pflichtbewusst. „Das war ein schlimmer Unfall. Der Junge ist seitdem irgendwie geistig zurückgeblieben. Doris kümmert sich aber sehr liebevoll um ihn."

„Er ist kein Junge mehr, Fran", fügte der Mann nüchtern hinzu. „Der müsste so um die zwanzig sein. Aber den habe ich auch bestimmt seit Jahren nicht mehr zu Gesicht bekommen. Ist wahrscheinlich in einer Anstalt und das ist auch gut so."

„Was haben sie denn gehört?", unterbrach Black ungeduldig das redselige Paar. „Vielleicht Katzen?"

„Grässliche Schreie habe ich vernommen. Das waren garantiert keine Tiere! Die Laute waren menschlichen Ursprungs, davon bin ich überzeugt", teilte der glatzköpfige Mann dem Beamten mit und beugte sich nach vorn. „Meine Frau hat übrigens einen festen Schlaf und weiß von nichts. Sie nimmt manchmal diese Schlaftabletten."

Black nippte an dem Glas voll kühlem Nass.

„Ich bin aufgestanden und habe dann aus dem Fenster geschaut", fuhr der Mann mit seiner Schilderung fort. „Ich bin überzeugt davon, dass die Schreie von den Bakers kamen. Um ehrlich zu sein, haben sie sich nach Doris angehört. Und eigentlich wollte ich nachschauen gehen, aber danach war wieder alles so friedlich. Und ein bisschen dachte ich auch, ich hätte mir das bloß eingebildet. Wissen sie, in meinem Alter ist der Körper..."

„Wissen sie auch noch, wann das alles stattfand?", unterbrach Black ungeniert und stellte das Glas zurück auf den gehäkelten Untersetzer. „Um Mitternacht?"

„Naja ich habe kurz danach, als ich wieder im Bett lag, die St.-Paul-Kirche zwei Mal läuten gehört", informierte der Mann den Beamten. „Es muss also gegen halb zwei gewesen sein."

„Und der Lärm kam ganz sicher von den Bakers?", hakte Black müde nach. „Er könnte ja auch von der Straße her gekommen sein?"

„Unser Schlafzimmerfenster liegt dem Haus gegenüber. Ich kann mich auch geirrt haben", erwägte er vorsichtig. „Heute Morgen war ich rüber klingeln und als dann niemand aufgemacht hat, habe ich bei der Polizei angerufen. Irgendwas stimmt da nicht. Das können sie mir glauben."

„Ich werde mir die Sache ansehen", versprach der Kommissar und stand auf.

Wortlos geleiteten die McFarmers den Besucher zur Tür. Ehe er den Vorgarten verlassen hatte, konnte er hören, wie das Ehepaar die Treppen hinaufstieg.

Black ließ sich wieder auf der Straße schmoren und fluchte. Sein Blick fiel auf das zweistöckige Haus der Bakers. Um das Anwesen herum schien die Fauna und Flora einen breiten Abstand zu halten. Was die wohl für ein Mittel spritzen?, ging es dem Kommissar Black durch den Kopf.

Es reagierte niemand auf das Läuten.

Das war ja klar...

Die werden irgendwo im Schatten dösen. Als der Beamte hinters Haus gehen wollte, nahm er hinter einer dünnen Gardine des Nachbarhauses die McFarmers wahr. Das Ehepaar winkte Black zu. Typisch Glotzer...

Das Gebäude, um welches Black schritt, wirkte altersschwach, war aber dennoch ungewöhnlich lebendig. Als würden die hohen Fenster einen beobachten. Der Kommissar versuchte ins Innere zu schauen, aber die schweren Vorhänge gaben nichts Preis.

Schlussendlich stand er auf der Rückseite des Gebäudes. Auch hier war keine Vegetation vorhanden. Kein Grashalm hatte sich zwischen den Betonplatten hochgekämpft, keine Spinnwebe ihr zuhause in einer Ecke gefunden und keine Birke hatte hier ihre Wurzeln geschlagen.

Black schluckte. Vor wenigen Augenblicken hatte er das Ganze für einen sinnlosen Glotzeralarm gehalten, nun war ihm aber mehr und mehr mulmig zumute. Die Hintertür war verschlossen. Als wolle das Haus sich von der ganzen Welt abschotten... Oder die Welt vor dessen Inhalt bewahren?

Auf das Klopfen und Rufen reagierte niemand. Der Beamte inspizierte anschließend den Boden nahe der Häuserwand und wurde fündig. Unter einer Weinkiste voll rostender Dosen und vergilbten Zeitungen, fand er eine Kellerluke, welche nicht weiter verschlossen schien. Das könnte funktionieren. Black schob die Kiste beiseite und öffnete das Bodenfenster mühelos.

Der Kommissar hatte im Laufe seiner Karriere so manches gesehen, galt als abgehärtet, aber die natürliche Angst zog ihm jedes Mal aufs Neue die Gedärme zusammen. Hoffen wir mal, dass nichts passiert ist.

Es war ein dunkles Loch, in das der Kommissar hineinkletterte. Das, was das Sonnenlicht ihm vorhin gezeigt hatte, waren nur die Schemen des Landeplatzes gewesen. Krümelige Erde mit ringsum den Umrissen mannshoher Regale. Unbeschadet stand der Beamte schließlich im Keller des Baker-Hauses, etwas mehr als zwei Meter unterhalb der Erdoberfläche. Hier ist es wenigstens angenehm kühl.

Black starrte geradeaus und wartete, bis seine Augen sich an die Umgebung gewöhnt hatten. Nach Sekunden des stillen Ausharrens hatten sie das aber noch immer nicht getan. Um ihn herum blieb es tiefschwarz, als ob er in ein Tintenfass gestiegen wäre.

Vorsichtig tastete er sich voran und drehte sich nach einigen Schritten um. Das Tageslicht, das bis nach hier unten drang, traute sich nicht von der Luke weg und bildete dort eine Art Säule. Merkwürdig...

Auf der Suche nach etwas Brauchbarem stöberte Black blindlings über die staubigen Regale in seiner Umgebung. Der Beamte strich zufällig über eine glatte Fläche. Der eckige Rahmen drum herum brachte ihn auf eine Idee. Er nahm das Ding und ging zurück zum hellen Landeplatz. Es war tatsächlich das, was er vermutet hatte: ein großer Spiegel. Er stellte ihn, schräg an ein Regal gelehnt, auf den Boden. Das Sonnenlicht wurde sogleich reflektiert und pflügte eine Schneise aus der Schwärze.

Zufrieden mit dem Resultat bahnte der Polizist sich anschließend einen Weg durch den Keller, der vor Regalen nur so strotze. Auf den meisten befanden sich Dosen und allerlei Krimskrams, der aussah, als ob er seit Jahren nicht mehr angefasst worden wäre. Die schmale Treppe, vor der der Kommissar auf einmal stand, führte nach oben.

„Hallo!", brüllte er hinauf.

„Hier ist die Polizei!"

Das Haus blieb verschwiegen. Nichts rührte sich. Black drehte sich um. Kein einziger Laut kam durch die offene Luke herein, nicht einmal gedämpftes Vogelzwitschern oder vorbeifahrende Autos.

Es herrschte absolute Geräuschlosigkeit.

Was für ein Ort...

Der Kommissar stieg behutsam die Stufen hinauf. Das knarrende Holz erlöste das Haus aus seinem Schweigen und beruhigte den Beamten. Das hört sich wenigstens normal an. Auf der vorletzten Stufe hallte plötzlich ein grelles Telefonklingeln durch das Gemäuer. Black erschrak dermaßen, dass er fast rückwärts die Treppe hinuntergefallen wäre. Er atmete tief ein und aus. Ruhig Blut!

Der Kommissar nahm den letzten Absatz in Angriff und fand im Halbdunkel schließlich den rauen Türknauf. Das aufdringliche Schrillen des Telefons zerfetzte erneut die Stille. Black öffnete die Tür und betrat den Flur im Schummerlicht. Direkt neben dem Kellereingang hing der klobige Fernsprecher an der Wand. Er hob den Hörer auf, ehe der Apparat erneut schellen konnte.

„Bei Bakers!", meldete sich der Beamte beherzt.

„Hallo?"

Ein Rauschen und Knacken war zu hören. Dann war es ruhig. So still wie es im Keller vorhin gewesen war. Black schluckte und wollte schon auflegen, als jemand am anderen Ende der Leitung zu schluchzen begann.

„Wer ist da?", wollte der Kommissar wissen.

„Hallo!"

Zwischen den erneut einsetzenden Störgeräuschen vernahm der Beamte nur noch die Worte Unfall und tot.

Dann wurde aufgelegt. Black stand wie gelähmt da, den Hörer immer noch an sein Ohr gepresst. Ein Knarren erweckte den Beamten aus seiner Starre. Er legte Hand an seine Dienstwaffe und brüllte instinktiv nach oben: „Hier ist die Polizei!"

Er blickte durchs Treppenauge. Steht da nicht eine Person? Er lauschte und hörte sein Herz schneller schlagen.

„Hallo!", schrie er erneut. „Hier ist die Polizei!"

Jemand lief auf einmal die Treppen zum Dachboden hoch. Ohne zu zögern, hetzte der Beamte nun ebenfalls die gewendelten Stufen hinauf. Ich wusste es! Das erste Stockwerk nahm der Kommissar beim Passieren nur flüchtig war. Tiefe Atemzüge später stand der Beamte am Ende der Treppe vor einer verschlossenen Tür. Vielleicht war es der Sohn und ich habe ihn erschreckt? Er klopfte an.

„Ich bin Kommissar Black von der Polizei", stellte er sich ordnungsgemäß vor.

„Öffnen Sie bitte die Tür!"

Der Beamte fuhr über den abblätternden Lack. Dünne Bretter... Ein kleiner Tritt dürfte genügen. Absolut nichts drang mehr an sein Ohr. Er schloss die Augen und nahm tief Luft. Was riecht hier so komisch? Zuerst duftete es nach Honig, dann vermischte sich langsam ein faulig modriger Gestank unter. Ekelhaft...

Black trat einen Schritt zurück, legte den rechten Fuß kurz auf den Knauf und nahm Anlauf. Mit einem gezielten Tritt unterhalb des Schlosses, zerbarst die Tür und zwei morsche Bretter schlitterten auf den Dachboden. Der Beamte langte durch die Überreste der Tür und schloss auf. Ein weiterer Tritt verpasste den zusammengenagelten Brettern den Rest. Laut krachend fiel alles, was sich vorhin brav im Rahmen befunden hatte, heraus und eine Menge Staub wurde aufgewirbelt.

Black betrat den großen Dachboden. Durch die vier Luken war es, verglichen mit dem Rest des Hauses, relativ erleuchtet. Nahe der Außenwand, ihm gegenüber, stand ein altmodisches Bett und daneben kauerte ein junger Mann in einem dunklen Schlafanzug. Den Kopf hatte er zwischen seine angewinkelten Beine gepresst und seine Stirn lag auf den Kniescheiben.

„Sie wollten es!", schrie der Junge auf einmal und fing an hin und her zu wippen.

„Wer wollte was?", fragte Black und steckte seine Dienstwaffe zurück in den Holster.

„Ich habe... ich kann nichts mehr tun!", stammelte der knabenhafte Mann. „Ich... Ich musste es tun!"

„Wo ist deine Mutter?", wollte der Kommissar wissen und sogleich fing sein Gegenüber mit Schluchzen an.

„Wo ist Doris Baker?"

Black näherte sich behutsam dem Bett. Der gehört tatsächlich in eine Anstalt! Unzählige geöffnete

Dosen lagen auf dem Boden verteilt und an manchen klebte eine rote Sauce.

„Was hast du getan?"

„Sie wollten es!", brüllte der Junge im verschlissenen Schlafanzug abrupt und wischte sich Tränen aus dem Gesicht.

Zum ersten Mal sah er hoch und zeigte sich dem Beamten. Der junge Mann war hager, hatte schulterlanges hellbraunes Haar, einen Vollbart und einen solchen apathischen Blick drauf, dass Black erschauerte. Seine Augen schienen durch alles hindurchzusehen.

„Was wollten sie?", fragte der Kommissar.

Zwei Meter von dem Jungen entfernt blieb er stehen und wartete auf eine Antwort. Hoffentlich ist nicht das passiert, was ich mir gerade vorstelle ...

„Wer wollte etwas von dir?"

„Sie wollten, dass ich töte!", raunte der junge Mann dem Kommissar zu. „Sie wollten doch, dass ich sie töte!"

„Wer?", fragte der Beamte forscher als zuvor.

„Wer?"

„Sie...", flüsterte der Junge prompt und stand auf. „...die Anderen!"

Der junge Mann deutete gestikulierend nach oben und Black beunruhigte der Anblick der Pyjamaärmel, an denen etwas Blutrotes klebte. Der Kommissar sah dem Jungen in die Augen.

„Hast du deine Mutter gestern Nacht umgebracht?", fragte er ohne zu Zögern und wartete auf Reaktionen.

Der Junge drehte sich um und nahm tief Luft.

„Ich musste es tun!", schrie er die Wand an. „Sie werden das nie verstehen! Aber die anderen... Die wollten es so!"

„Ich werde dich jetzt festnehmen und du wirst erstmal mitkommen, ist das klar?", informierte der Polizist den jungen Mann und legte Hand an dessen Schulter.

Dann passierte etwas, woran sich Black nachher nur mit Mühe erinnern konnte. Es wurde mit einem Schlag dunkler, die Wände des Dachbodens nahmen eine violette Tönung an und der Gestank wurde immer intensiver. Dumpfe Laute tanzten plötzlich um seine Ohren und das, was seine Augen wahrnahmen, glich einer Karussellfahrt mit überhöhter Geschwindigkeit.

Der Junge, der ihm weiterhin den Rücken zugedreht hatte, blieb regungslos stehen. Es schien so, als sei er überhaupt nur noch körperlich vorhanden. Sekunden später spürte der Beamte eine unsichtbare Kraft ihn auf den wankenden Boden legen und ihm wurde Schwarz vor den Augen.

Black öffnete orientierungslos die Augen. Ihm entwich ein Stöhnen, während er stetig mehr zu Bewusstsein kam. Er hatte grässliche Kopfschmerzen. Es fühlte sich so an, als ob man seinen Oberkörper in einen Kupferkessel gesteckt hätte und ein Dutzend Bauarbeiter mit Vorschlaghämmern darauf hätte einschlagen lassen, stundenlang. Oh Mann! Hätte ich mir doch bloß freigenommen...

Er lag auf dem verstaubten Dachboden inmitten der leeren Dosen. Genau dort, wo er vorhin ohnmächtig geworden war. Einfach so... Vom jungen Mann keine Spur.

Der Kommissar stand auf und kam allmählich wieder vollends zu sich. Die violette Farbe an den Wänden hatte sich in Nichts aufgelöst und der merkwürdige Gestank hatte sich vollends verzogen. Alles wirkt so leer... Schleifspuren waren kreuz und quer auf dem Boden verteilt sichtbar.

„Was wird hier gespielt?", fragte der Beamte den staubigen Raum.

„Was ist hier los?"

Black schritt zur Tür. Jedenfalls dorthin, wo vorhin eine gewesen war. Ihm war schwindelig zumute und die ersten Stufen der steilen Wendeltreppe stieg er vorsichtig hinab. Es wurde immer dunkler um ihn herum, so als würde er mit jedem weiteren Schritt in den Schlund einer lichtfressenden Bestie hinabsteigen.

Im Parterre angekommen erschnüffelte der Kommissar wieder einmal diesen süßlich faulen Geruch. Angst zog ihm die Gedärme zusammen und er musste sich eingestehen, dass dieses stille und beklemmende Haus ihm immer Grauen erregender vorkam. Er wollte nur noch raus, diesem Albtraum ein Ende setzen.

An der Eingangstür angekommen hielt Black inne. Die Klinke wurde unentwegt runter gedrückt und die Tür schien zu vibrieren. Obwohl es im ganzen Baker-Haus so still war, dass der Kommissar sein Herz pochen hörte.

Kein einziges Geräusch dieser deutlich erkennbaren Gewaltanwendung war zu vernehmen. Wie totenstill war es gewesen.

Im Halbdunkel drehte Black den Haustürschlüssel um und öffnete. Er stand augenblicklich einem aufgeregten Polizisten gegenüber.

„Endlich!", brachte dieser schnaufend heraus und senkte die Taschenlampe.

„Ich läute seit einer ganzen Ewigkeit!"

Der Kommissar zeigte routinemäßig seine Dienstmarke und marschierte an dem ihm unbekannten Beamten hinaus auf die Straße. Es war merklich kühl und der Kommissar fröstelte sogleich. Er sah zum wolkenlosen Himmel hoch, an welchem die Sterne ihr mattes Licht von sich gaben. Es ist bereits Nacht! Ging es Black durch den Kopf. Ich muss Stunden da oben gelegen haben! Verdammt!

Neben dem Polizeiwagen mit dem eingeschalteten Blaulicht standen die McFarmers in eine wollene Decke gehüllt.

„Wir hatten uns solche Sorgen um sie gemacht!", gestand Fran dem Beamten aufgewühlt und sah ihn mit sorgenvoller Miene an. „Geht es ihnen gut?"

„Naja... halb so wild", gab Black verwirrt von sich und drehte sich zum Haus um.

„Ist denn mit Doris alles in Ordnung?", wollte Mister McFarmer sogleich wissen. „Ich hoffe doch, dass nichts passiert ist?"

Der Kommissar ignorierte die Fragerei und steuerte seinen Dienstwagen an. Er kramte die Taschenlampe aus dem Kofferraum und ging anschließend dem Beamten entgegen, der eben über die Schwelle kam.

Er hatte sich die Nase zugehalten und schien sichtlich erleichtert an der frischen Luft angekommen zu sein.

„Ist noch jemand im Haus?", fragte er und atmete tief ein und aus.

„Ein furchtbarer Gestank da drin! Was ist das? Gas?"

„Das möchte ich auch gern wissen", gab der Kommissar zurück und stapfte zu ihm hinüber. „Fangen wir gleich mal im Keller an!"

„Im Keller?", entgegnete der Polizist dem Kommissar mit bedenklicher Miene. „Was ist mit dem Erdgeschoss?"

„Es ist da unten!", knurrte dieser entschlossen und knipste die Taschenlampe an. „Folgen sie mir!"

„Da unten...", murmelte der Polizist als Black schon im Inneren des Hauses verschwunden war. „Was ist da unten?"

Der Kommissar hatte mit einem Ruck die Tür zum Keller geöffnet und leuchtete mit der Taschenlampe in die stille Schwärze hinab. Mit jeder Stufe, die sie hinabstiegen, kroch ihnen der Gestank aufdringlicher in die Nase und raubte ihnen fast die Sinne. Wo bist du Junge? Und was hast du mit deiner Mutter getan? „Was für ein düsteres Loch", flüsterte der Polizist.

„Wenn sie einen Lichtschalter finden, können sie gerne drauf drücken!", raunte Black dem Beamten hinter ihm zu und blieb stehen.

Beide lauschten angespannt.

Wieder einmal herrschte absolute Geräuschlosigkeit im Keller. Der Kommissar folgte aufmerksam dem Schein seiner Taschenlampe. Als er vorhin hier unten gewesen war und draußen noch die Sonne geschienen hatte, war ihm die Finsternis gruselig vorgekommen.

Jetzt wurde dieses Gefühl bei weitem übertroffen. Er hatte Angst, weil er nicht wusste, wovor er genau diese haben sollte. Scheiße! Außer den staubigen Regalen muss doch etwas hier sein... oder? Ich spüre es doch...

„Nach was suchen wir eigentlich?", wollte der Polizist von Black wissen.

„Die Nachbarn haben etwas von irgendwelchen Schreien erzählt."

„Die Glotzer...", brummte der Kommissar grübelnd.

„Ich habe auf dem Dachboden vorhin einen jungen Mann gefunden. Wahrscheinlich der Sohn..."

Ein dumpfes Schluchzen machte sich bemerkbar.

Die Beamten hielten sogleich die Luft an.

Sie richteten, ohne zu zögern, den Schein ihrer Lampen auf den Ursprungsort der Geräusche.

Unter der Treppe haben sie den Sohn in einem Verschlag hockend vorgefunden. Immer wieder hat er beteuert, dass sie ihn dazu gezwungen haben seine Mutter zu töten. Auf die Frage hin, wer das genau gewesen war, gab er keine vernünftige Antwort von sich.

In der großen Dose, die er in den Armen gehalten hat, hatte sich ein violetter Brei befunden. Nach Aussagen des Jungen, handelte es sich dabei um die Überreste seiner Mutter. Die Beamten haben den geistig verwirrten Mann daraufhin vorläufig festgenommen.

In der Dose, der Quelle des unerklärlichen Gestanks, haben die Wissenschaftler später eine identifizierbare Masse angetroffen. Ob es sich tatsächlich um die Verschwundene Doris Baker handelt, konnte bislang nicht geklärt werden.

Der Schlüsselbund klirrte.

„Wie geht es Mr. Baker?"

Der schmächtige Pfleger warf einen Blick auf das Blatt Papier neben der Tür.

„Sein Zustand ist konstant", gab der große Mann dem Kommissar teilnahmslos zu wissen und schloss die Zelle auf.

Black öffnete die schwere Eisentür. Der kleine fensterlose Raum wurde durch eine Lampe an der Decke erhellt. Marc Baker stand links vor einer gekachelten Wand und starrte diese an. Der Kommissar betrat die Zelle und der Pfleger zog die Tür hinter ihm zu. Der junge Mann blieb regungslos.

Zwei Stunden Autofahrt für einen Haufen offener Fragen...

Dieser Fall gehört zu den Akten gelegt. Die Wahrheit finde ich hier sowieso nicht. Nur unsinniges Geschwätz eines armen Irren. Der Doktor hat monatelang alles versucht.

„Warum glaubt mir niemand?", flüsterte er auf einmal. „Die haben mich doch gezwungen!"

„Die Stimmen in deinem Kopf, nicht wahr?", fügte Black sogleich trocken hinzu. „Die haben dich dazu gebracht deine Mutter umzubringen."

„Sie sagten, die Welt würde sonst in Flammen aufgehen und die Hölle ihre Pforten öffnen..."

Marc drehte sich zum Beamten um.

„Sie können sich nicht vorstellen, was die mir für Bilder gezeigt haben..."

Der entsetzte Blick des jungen Mannes jagte Black eine Gänsehaut über den Rücken. Marc näherte sich ruckartig dem Beamten.

„Ich musste es tun!", brüllte er lauthals und stürzte sich jäh mit rasantem Tempo auf Black. „Sie wollten doch, dass ich töte!"

Dieser konnte in dem kleinen Raum nicht ausweichen und beide fielen zu Boden. Der junge Mann krallte sich regelrecht an den Regenmantel von Black.

Dem Kommissar gelang es, Baker von sich zu drücken und den schluchzenden Mann zu Boden zu befördern.

Black atmete tief ein und aus, ehe er seinen Dienstwagen startete. Sekunden später verließ er erleichtert den Parkplatz der Bogenheim-Anstalt und fuhr zurück nach Lipptown.

ENDE

Anmerkungen des Autors:

Sandro Hübner meißelt in Berlin, in klaren Sätzen ein Denkmal und ist unverzichtbar für alle, die ihn bei Twentysix lesen, weiterempfehlen und auch kaufen werden.

Bisher erschienen:

Titel: SAD SONG
- Trauriges Lied -

Genre: Kriminalroman
ISBN: 978-3-7407-3007-9

Titel: Juliette und Taddei eine Liebe forever

Genre: Liebesroman
ISBN: 978-3-7407-3030-7

Titel: Rückkehr eines träumenden Delfins

Genre: Roman
ISBN: 978-3-7407-3399-5

Titel: Fesselnde Psycho-Horror-Geschichten

Genre: Horror
ISBN: 978-3-7407-4455-7

Titel: Spannende Thriller-
Geschichten

Genre: Thriller
ISBN: 978-3-7407-4636-0

Titel: Doppelt stirbt sich besser,
mit einem grauenvollen Biss

Genre: Psychohorror
ISBN: 978-3-7407-4697-1

Titel: TITANIC
Ein Augenzeugenbericht von
Helena F. Lang
Genre: Roman
ISBN: 978-3-7407-5058-9

Titel: Unheimliche Gruselgeschichten
- Teil I -

Genre: Gruselroman
ISBN: 978-3-7407-5067-1

Titel: Unheimliche Gruselgeschichten
- Teil II -

Genre: Gruselroman
ISBN: 978-3-7407-5068-8

Titel:	Der Fitnesstrainer
Genre: **ISBN:**	Roman 978-3-7407-5075-6

Titel:	Das Bett des Horroralptraums
Genre: **ISBN:**	Horror 978-3-7407-5139-5

Titel:	Der verhängnisvolle Fehler aller Zeiten - Das Haus der Seelen
Genre: **ISBN:**	Horror 978-3-7407-5317-7

Titel:	Spannende Abenteuerkurzge-schichten für Kinder
Genre: **ISBN:**	Roman 978-3-7407-5415-0

Titel:	Roy Raperpotz im Land der Träume
Genre: **ISBN:**	Roman 978-3-7407-1711-7

Titel: Der grausame Helikopter des Horrors

Genre: Horror
ISBN: 978-3-7407-2681-2

Titel: Die Nacht des Horrors

Genre: Horror
ISBN: 978-3-7407-4812-8

Titel: Abenteuergeschichten für Kinder

Genre: Roman
ISBN: 978-3-7407-6328-2

Titel: Sommerliche Gaystories

Genre: Roman
ISBN: 978-3-7407-5107-4

Titel: Die Brücke zum Verrat

Genre: Roman
ISBN: 978-3-7407-6639-9

Titel:	Das Wolfsmädchen
Genre:	Roman
ISBN:	978-3-7407-6589-7

Titel:	Mysteriöse Thriller-Geschichten aus Deutschland
Genre:	Mysterythriller
ISBN:	978-3-7407-7055-6

Titel:	Der Tod von der Theater-legende Xaver Stieler
Genre:	Kriminalroman
ISBN:	978-3-7407-8645-8

Titel:	Die spannenden Fälle von Kommissar Black
Genre:	Kriminalroman
ISBN:	978-3-7407-8690-8